日本经典文库

盲歌女阿凛

〔日〕水上勉 —— 著
林青华 —— 译

人民文学出版社

著作权合同登记：图字 01-2017-9259 号

"Echigo Tsutsuishi Oyashirazu" was first published in 1963 in *Nishijin no Chō* by Chuokoronsha Co., Ltd., Tokyo
"Kuwa no Ko" and "Ariake Monogatari" were first published in 1965 in *Ariake Monogatari* by Chuokoronsha Co., Ltd., Tokyo
"Hanare Goze Orin" was first published in 1975 in *Hanare Goze Orin* by Shinchosha publishing Co., Ltd., Tokyo
"Sanjō Kiyamachi Dōri" was first published in 1964 in *Sanjō Kiyamachi Dōri* by Chuokoronsha Co., Ltd., Tokyo
Simplified Chinese translation rights arranged with The Japan Writers' Association through Japan Foreign-Rights Centre/Bardon-Chinese Media Agency

图书在版编目(CIP)数据

盲歌女阿凛/(日)水上勉著;林青华译. —北京：
人民文学出版社，2018
（日本经典文库）
ISBN 978-7-02-013918-7

Ⅰ.①盲… Ⅱ.①水…②林… Ⅲ.①短篇小说-小说集-日本-现代 Ⅳ.①I313.45

中国版本图书馆 CIP 数据核字(2018)第 042268 号

责任编辑　朱卫净　王皎娇
封面设计　高静芳

出版发行　人民文学出版社
社　　址　北京市朝内大街 166 号
邮政编码　100705
网　　址　http://www.rw-cn.com

印　　制　上海利丰雅高印刷有限公司
经　　销　全国新华书店等

字　　数　152 千字
开　　本　850×1168 毫米　1/32
印　　张　7.625
版　　次　2018 年 7 月北京第 1 版
印　　次　2018 年 7 月第 1 次印刷

书　　号　978-7-02-013918-7
定　　价　39.00 元

如有印装质量问题，请与本社图书销售中心调换。电话：010-65233595

目 录

001	越后筒石亲不知
041	桑　孩
055	盲歌女阿凛
157	有明故事
189	三条木屋町大道

越后筒石亲不知

一

　　杜氏，指造酒的熟练工匠。从很早时起，不用说"滩五乡"，关西各地的酿酒作坊，都请邻县各地农闲期出来打工的人造酒。酿酒从十一月的装料开始，到翌年三月开春结束。从季节上说，这是雪国农家的闲散期。日本海海边多雪的村子，冬天里只有烧炭和编织这么点儿副业，所以，外出打工造酒这活儿，成为他们不可或缺的收入来源。

　　丹波因杜氏而兴旺。一般所说的"丹波杜氏""越前杜氏""越后杜氏"，喊起来都把出身地置于杜氏前面。丹波杜氏也属历史悠久，全村青壮男子尽入滩五乡。像篠山村等，村里的劳力整个冬天都来酒坊打工；于滩而言，已经离不开这些熟练工匠之乡。

　　十一月初，北陆或丹波的农户割完稻子、脱了谷。其余的活儿，就都交给女人了。男人们着手准备去酒坊，他们在月中的十五日进入酒仓。发生本故事的昭和十二年（1937）前后，造酒方法还不像现在这般机械化，看不到搪瓷大罐之类的东西。进入酒仓的杜氏们从"洗秋"——清洗装料桶开始。所谓装料桶，是前一年装酒的桶。这些桶都空了，首先得清洗。一些工具如浅桶，也得一一倒入热水，用竹刷子好生洗刷一番。杜氏们只围一条兜裆布，在天花板很高的酒仓里，攀着滚动的大桶挥动竹刷子。

十一月底，装料桶里放了酒曲，要对桶一一打火祈祷，求个好兆头。

所谓"打火"，是用石英质地的打火石和打火铁相互敲击，产生火花。这是斋戒活动，向神圣的酒神祈求酿酒成功。老杜氏念起从前流传下来的祷辞：

"叮当、叮当，这里敲打的，是洁净如玉的打火。松尾大神、荒神大神、土神、守护出生地的神、八百万众神在上，敬请垂注、见证：刚刚装料的是第×号醪糟。请把它变成名牌好酒，又甜又辣，拿到江户是江户第一，拿到乡下是乡下第一。求众神保佑！"

这是虔诚的打火。除了打火声，酒仓里一片肃静，气氛神圣，很不寻常。

今天酿酒科学进步了，发酵失败的"甘败""酸败"，已经不再有了。但从前是凭杜氏的直觉装料的，所以装料可谓事关成败。可以理解杜氏们如何以紧张的心情打火。十二月初，滩也是刮下坡风的寒冷季节了，但在北陆一元的酿酒坊，仍刮着干风，人们走在两旁排列着酒桶、形如谷底的露天地面上，身披短和服上衣。而酿酒场内，杜氏们一条包头巾、一件和服内衣加一条兜裆布，在冰冷如刀割的水里淘米。淘米水用桔槔汲自酿酒场内的水井。用桔槔不分黑夜白天打水的工作叫"掌吊"，掌吊者光脚跨站在井栏上，名为"后拽"的男子交替拉动绑在天平两端的绳子。

因为要昼夜连续劳作，杜氏们轮班睡觉。睡觉的地方就是酿酒场天花上的三角屋；白天里，要睡的人把梯子一架，爬上这个昏暗的房顶屋。木板上铺了草席的超宽大的房间里，只躺着一根横木。这是枕头。杜氏们盖着薄被、脑袋搁在木枕上睡。若到交班时间还在睡，老杜氏就敲击枕木，示意该起床了。

按照"装料""打火""畚箕""去渣"的顺序，十一月份装料的酒桶经过各项工程，到了三月份就成了满满一桶清澈的清酒。

就这样，杜氏完成了工作。他们离开酿酒场那一桶桶满登登的黄金水，三月十五日前后动身返回故乡。北陆路雪已融化，女人们着手修秧田田埂，把种子泡在微温的河水里，等待亲人归来。

杜氏们在酿酒场一边干活，一边哼唱的歌谣中，有这样一首：

> 日头吱啦吱啦挂山边，
> 俺的工作如小河。
> 天黑了，点起灯，等着爸妈订的亲。
> 有个爸妈订的亲，俺干活儿不惜身。
> 不求发迹只有家，心中牢记这句话。
> 有马小伙抬轿归，轻轻松松走河滩，
> 河滩轻轻松松过，爱情小河数不清。
> 做松要做有马松，与藤缠绵好入梦。

歌谣渗入了滩五乡酿酒场的墙壁，但也是为思念留在村里的妻子而唱的吧。

二

从越后（新潟县）的亲不知起，沿切割断崖般流入的歌川溪流，往山里头约五公里的尽头处，有条叫做"歌合"的穷村子。

村子里只有十七户人家。这条村仿佛粘贴在溪谷凹陷的斜面上，极冷清，看家家户户粗陋的石头屋顶，真叫人纳闷居民为何非生活在如此偏僻之处不可。

村子利用竹槽从溪流取水，在道道石垣围成的狭小田地上种植旱稻、卷心菜、小麦、薯类等，谋求生计。北陆道人称"天下难关"，这里可是北陆道首屈一指的险峻大山阻隔的雪深之处。这里既没有电灯，也没有收音机。在昭和十二年（1937）前后，这个村落如同孤岛，与文化潮流完全隔绝。

亲不知位于北阿尔卑斯山沉入日本海的断崖尽头。从越后的市振至系鱼川的北陆线，现在这里有一个萧条的车站。随着从市振往亲不知北行，轨道线路开始沿海边走，擦着海边通过断崖中腹——先鼻、亲不知、风波、竹鼻、外波、鬼栗、鬼鼻。现在，穿越这道断崖的国道，是沿轨道线通过中腹的。不过，从前的行人，必须通过凹陷进海里的崖脚。汹涌的海浪激起白色飞沫打在崖上，一年到头波涛喧嚣不绝于耳。惊涛骇浪让父母忘记了孩子，让孩子忘记了父母，一心只顾自身安全，拼命冲过岩石与岩石之间——这段可怕的路，现在已没入海中。但从列车窗户眺望，仍留有昔日难关的身影。然而，人们完全被亲不知的海岸风光吸引了目光，很少有人回望这段没入海中的阿尔卑斯断崖，它如同陡壁立于身后，令见者倒吸一口凉气。他们更不会想到，过了亲不知随即过桥的歌川的山沟沟里，悄然藏着一条仅十七户人家的歌合村。

若从歌川的桥畔看，划开山壁的溪谷消失在淡绿色原始林山间，就像被吸掉了。在河口北面，灰色山壁如同刀削，白蒙蒙的显得很斑驳。这是个石灰工场，叫做"亲不知石灰采掘场"。铺了一层白粉的小屋，看起来像山麓嵌了个贝壳。三座灰色的石灰窑，看似从黑色大山伸出似的，不无寂寥之感。

这条歌合村里，住着一个名叫濑神留吉的杜氏。留吉三十一岁，小个子，身高不及五尺，额头窄脸儿小。他干活很卖力，但守着巴掌大的一块田地，和妻子、母亲三人勉强度日。因母亲卧床不起，留吉开销增多。他和妻子阿信二人去溪下的田地，春夏种小麦、旱稻、蔬菜，冬天前往京都伏见的酿酒场"大和屋"做杜氏。他不在家时，妻子阿信到石灰小屋去编草席挣钱。

阿信跟留吉一样能干。她小留吉六年，二十五岁。她个子虽矮小，却肤色白皙，长着端正的小圆脸。身子小小的，胸部却挺挺的，臀部也肥大，有其讨男人欢喜的可爱之处。

因杜氏伙伴的介绍，留吉从越后筒石的穷村子娶来这个阿信。越后筒石和亲不知相似，是面向断崖的海边村子，位于从系鱼川向名立方向北上约二十公里之处。

名叫冲中专造的老练工匠,是留吉在伏见大和屋酿酒场认识的杜氏。专造不忍看留吉孤零零,给他介绍了对象阿信。留吉不但家贫,且村子偏僻,有个卧病的母亲。他明白没有女子会从别处嫁过来的,都快死了心了。正当这时,专造给留吉介绍了阿信。相亲是在系鱼川的镇上,见面一看,阿信不但脸蛋漂亮,性格也开朗,是个有朝气、能干活的人。留吉当即对专造说想娶阿信。专造答应了,随即就谈婚论嫁了。

阿信嫁来歌合村,是在昭和十年(1935)春,留吉二十九岁,阿信二十三岁。阿信除了能干,对病母也好,留吉很感激。她早起出门,和留吉一起下田劳作,回到家里做饭洗濯,直至夜深才就寝。而且,她从无一句怨言。留吉爱阿信。

阿信去川下的石灰小屋编草席,有赖于病母身体好转,可以出门晒晒太阳、独自居住了。丈夫整个冬天出门打工酿酒,她觉得一直游手好闲待着过意不去。

编草席,是颇原始的工作:在石灰小屋边上,有一所薄铁皮屋顶的扁平编席场,附近的大婶们在那里一板一眼地编稻草席,也有年轻女子夹在其中。因歌合村还有一起干的伙伴,可以一起过来。总体上,各家的妻子,都是肯干的规矩人。

歌合村除了留吉之外,还有两个人去京都做杜氏。一个叫九谷育三,年五十六,是杜氏的头儿;另一个叫佐分权助,是比留吉还小三岁的小伙子。十一月的收割完成后,九谷育三就晃着头发灰白的寸头,来留吉家通知他准备出发。留吉找到杜氏这个活儿,有赖于这个育三的关照;娶到能干的阿信，说来间接受惠于育三，通过育三才认识了越后的杜氏。留吉感谢育三。

在留吉出发的日子，阿信送行至歌合的地藏山尽头。因为这时候石灰席子的作业场还没开工，阿信还在歌合，可为留吉送行。

"祝您一路顺风。"

阿信的小眼睛里透着哀伤的神色，跟留吉道别。

留吉说了声"拜托照料妈妈"，就下山而去。虽然年年如此，但三个杜氏远行的身影，感觉是冬天到来的预告。因为也是这个时候，山那边拍打亲不知山崖的波涛声撼动着大山。

"祝您一路顺风。"

留吉要带着阿信这句温暖心房的道别话语，整整四个月在伏见的大和屋打工。

作为杜氏，留吉还是个新手。他处于向育三为首的老工匠请教手艺的阶段，所以更加用心。从歌合出来的权助也一样。但是，权助是个瘦高个，身高差不多有六尺，所以跟小个子留吉不在同一个作业场，两人不大碰面。留吉专干"洗秋"，是因为他个子小，可以整个人进入酒桶里。当"掌吊"的水装在小桶里送来时，他灵巧地接下，泼在酒桶顶上。他左手提小桶，右手拿竹刷子，只围一条兜裆布，在骨碌骨碌滚动的桶里杂耍般灵巧地移动着脚步，洗刷酒桶。

日头吱啦吱啦挂山边……天黑了，点起灯，等着爸妈订的亲。

留吉一边听老杜氏唱着这样的歌，一边夹在从越前、丹波、但马等地来的、豪放的杜氏们中间，忙个不停。

　　当时的杜氏工钱，是"工头"二圆二十钱，"酒曲师傅"二圆十钱，"烧炉工"二圆，"工具传递"一圆九十钱，"上人"一圆八十钱，"酒焚"二圆十钱，"洗秋"二圆十钱。留吉因为专管"洗秋"的洗桶，即便清洗结束后加入"上人"或"工具传递"，工钱也只略降一点，变成一圆八十钱。所以，就算平均起来是二圆，从十一月十五日到三月十五日的一百二十天里，他挣到的工钱是二百四十圆。

　　换算成今天的金额，大体上有十万日元吧。尽管头枕枕木、不分昼夜地劳作，但留吉带回歌合的钱真不是个小数目。

三

杜氏伙伴权助在伏见大和屋接到电报,说母亲病笃,是在留吉完成洗秋工作、转到工具传递的第二天。放酒曲后的打火完成了,留吉打量着排列在水泥地上的酒桶,正歇一下的时候,瘦高个的权助来了。

"阿留,出大事了。我妈快死了。"

权助声音沙哑地说。看着权助的脸,留吉最初以为权助在说留吉的母亲。但是,听下去发现,是权助的母亲。他松了一口气,同时想起同村的权助老妈结成慈姑发髻的白发,她因坐骨神经痛卧床不起。留吉感到悲哀。

"我跟工头请假,跑一趟家。"

权助说道。权助的老妈八十七岁了。即便死了,也可说寿命到了,而留吉的母亲才六十岁。若不是有病在身,这个年纪搓搓绳、编编席是可以的。但是,彼此有个病弱的老妈,同病相怜的亲近感,令他们交谈的话题总是母亲。

"要带个什么话给阿信嫂子吗?"

权助问道。

"没什么要交代的了。给你哥伊助带个好吧。"

留吉说道。

一进酿酒场,没大事连门口都不迈出一步,劳动条件就跟待在监牢里一样。若权助得到工头准许回乡,跟同村出来的人打声招呼，是理所当然的事。

"什么话也没有吗？"

权助转过长着邋遢胡子的凹眍脸，看着仅有自己半张脸大的、留吉的小脸。

"噢噢。我妈好点了，阿信也去了石灰小屋编席子，好好地干着活儿呢，没啥担心的事。我也完成了'洗秋'，总算转到工具传递这边了。"

留吉说道。歌合已经下雪了吧。一想到同来的权助走雪路回家，望乡之心使胸口热乎起来。尤其一想到爱妻阿信也走这条雪路去编席子，留吉就激动得心口发堵。

"这回得办丧事了吧。老妈死了，我就能娶老婆啦。得娶你家那样标致的。"

权助露齿而笑。

措辞像是巴望老母死掉。

"那我就回去了，办完丧事再过来。"

权助说完出去了，留吉送高个子权助到酿酒场外。外头寒风凛冽，跟因为烧灶，窑洞般温暖的酿酒场内截然不同。

"歌合下雪了吧。"

留吉对权助说道。

"从亲不知步行回去挺够呛的，你小心啦，阿权。"

留吉就围一条兜裆布加和服内衣，赶紧躲回酿酒场内，关上门。

权助离开伏见的大和屋，是十二月二十日傍晚。本该转乘由京都车站出发、过北陆线前往新潟的列车回去的，这个时刻应在东海道线的米原车站转车。权助当天深夜转乘米原始发、前往新潟的列车。列车因下雪迟发了三十分钟。

这位佐分权助，与同做杜氏的小个子留吉温顺的性格相反，总的来说，看杜氏中负责运送酒曲、搅醪糟的就明白，他性情粗暴。他说话粗率、大声嚷嚷都表现出这一点。体现得最明显的，是他那张兽头瓦般的方脸上，生硬凹陋的下颚。权助二十八岁，和母亲、哥嫂及其四个孩子一起生活。一般人家的次子，都有人来邀去做养子的，唯独权助没有。靠石头屋顶的八席加六席两间房，哥嫂忙于照管四个孩子，烧炭维生，次子权助却逍遥自在留在村里。可以说，此人叫人瞧不起乃是理所当然。他到系鱼川当搬运、跟船之类，动不动就跟人打架，持续不了三个月。说他没处可去待在村里就对了。他跟嫂子关系也不好，留吉从阿信嘴里听说，伊助的妻子被这小叔搞得很难受。权助是个口碑很差的男人。但是，尽管他在村里讨人嫌，但其适合干力气活儿的近六尺身躯，在酿酒场里的杜氏们中间却被当成了宝，运送重物的总是权助。

权助深夜从米原出发，翌日下午抵达亲不知。他怀里揣着工头从大和屋领出来的、迄今的工钱和杜氏伙伴给的慰问金。抵达暴风雪中的亲不知时，他肚子饿了，于是就想，在回歌合村见眼巴巴的病笃老母亲前，先去站前饭铺暖和身子之后再出发。身子一暖和，权助变得豪气，喝起酒来。

雪很大，显示出今年大雪的征兆。饭铺屋檐下高高堆积起屋顶泻下的雪，足有一米左右高。近处波涛汹涌的海面，涌起山一样的浪；凹陷的断崖挺身与惊涛格斗，向漫天雪花怒吼。

权助看着外面的景色,喝下了四壶酒。出饭铺时,过了四点。他从亲不知的村子过歌川桥,从石灰小屋下边走人迹罕至的雪道去上游。

到早春就蒙尘变成灰色的采掘石灰的山体,变成了杉松混成林的后山,此刻是一片白银世界。石灰小屋的火熄灭了。塔楼在风中发出尖啸声。

权助在沿河雪道走了约一公里时,前方出现了一个黑黑的人影。因为就一条路,所以这人是去歌合村的。看起来是披着黑色毯子的女人。雪稍停时,那女子不时停步,解下毯子弄掉肩头的雪。

"是谁呢……"

权助眼睛发亮,紧追那个身影。他想,也许是在石灰小屋干活的本村女子,但从时间上看对不上。如果是的话,应该是三四人一起的,一个人走路很奇怪。

权助加快脚步。身高腿长的他,不久就赶上那个人影了。

"是谁呀?"

离个十来米,权助从后用他天生的破锣嗓子问道。女子回过头。

"嘿!"

嘴里说着、撩起额上湿头发的,是留吉的妻子阿信。权助吓了一跳。

"是阿信嫂子啊?"

这么一来,对方也同时说:

"是权助啊?"

阿信问:"你怎么一个人回来了?"

"来电报了,说老妈病危。"

权助说道。他说完,见同村的阿信也并不晓得,顿时安心不少:可能老妈也没那么严重吧?

"你不知道吗?"

他问道。阿信脸红红的,大口喘着气,说道:

"啥动静也没听说。"

所谓"动静",是指没听说权助母亲病危之类的消息。但是,也可以认为,是哥哥伊助不想闹大,悄悄给权助发了电报。

随后,权助就和阿信并排赶路了。个子矮小的阿信看起来还没有权助一半高。但是,她个子小却长得胖,散发着浓烈的少妇体味。肉感的耳垂也好、满布汗毛的领口也好,很是妩媚动人。从红色衬衣的领口看得见白皙的肌肤热成了桃红色,汗津津的。她在雪道上急急地走,热汗淋漓。那张冒着汗、红扑扑的脸,让权助的心乱跳。

"你怎么一个人回去?大家怎么啦?"

权助问道。

"阿花也好、太郎助他妈也好,还有阿秀,都感冒休息了。我一个人来的,看风雪太厉害,我就跟厂长请假早退,正回去呢。"

阿信答道。

权助听说三个同去编席子的人都感冒了,不觉放慢了步速。

"咱家的还好吧?"

阿信问道。

"哦,他干活很卖力。"

权助说道。

突然，权助蒙眬的醉眼里，出现了留吉小小的脸庞。

"讨了个好老婆，那家伙，走运了……"

当阿信白生生的领口和留吉浅黑的脸叠映时，权助突然嫉妒起来了。他酒气熏人。

"阿信嫂子，你一个人挺无聊吧？不想念留吉吗？"

权助问道。

"想念也没用啊，离得这么远。"

阿信说道。她天真的脸转向权助，笑了。

"夜里呀，跟婆婆烧着炉子，聊聊伏见的事情，就睡了。"

阿信唱歌似的说道。权助一想到阿信每晚跟没有血缘关系的六十岁婆婆两个人睡觉，顿时情欲汹涌。

"阿信嫂子。"

权助的声调走了样，回响在雪地上。那是瞬间袭来的动物性冲动。权助像抱起小鸟般把阿信扯过来。他一闻到阿信身子的气味，就像点燃了按捺已久的火药桶。

"你干什么，你干什么！"

阿信惊慌喊叫，推开权助要伸入裙裤的、多毛的手。可是，她的声音全消失在虚幻的细雪中。权助掀起的黑毯子下面，阿信热乎乎通红的身子裸露出鸡皮疙瘩的下半身，埋在雪中颤抖。她蹬着白白的腿，像在拍打翅膀。

雪在下，空无一人。

"别跟留吉说啊。别跟任何人说啊。你不出声谁也不知道。明白吗？明白吗？"

权助嚷嚷着，把嘴巴贴在阿信哭泣的脸上。

四

　　二十一日下午五点，佐分权助的母亲在家中去世。权助在亲不知车站前的饭铺喝酒、在中途雪道强奸偶遇的杜氏伙伴的老婆这段时间，老人没能挺过来。

　　强奸阿信，虽有冲动之下抑制不住的情欲之过，但权助早就羡慕留吉和阿信情投意合，每逢路遇阿信，都会产生邪念。在村里，这权助也是最知道别处女性滋味的。他早有寻机施暴的心。这次接到母亲病危的电报，从伏见回乡，成为偶然的机会。权助把阿信按倒雪中，看见她浑圆白皙的大腿在寒风中汗津津、冒着热气，出了神，感觉到了难以言表的麻痹。

　　阿信的脸因耻辱和恐惧而颤抖，她好不容易从雪中撑起瘫倒的身子，无法正视鬼一样的权助的方脸。她原本就讨厌跟他并排走回去。两人走雪道进歌合村，阿信落后了十米。权助比阿信家近，来到距川下百米的家门前时，遇上哥哥从家里头冲出来。

　　"妈妈死了呀。"

　　伊助对弟弟说着，往路上跑。他的破锣嗓跟弟弟相似。

　　权助呆立着，只想着"我没赶上"，并没有像哥哥那样哭起来。伊助说去寺庙，他把权助领进门——去世的母亲还躺在屋里，又出门而去时，正好碰上阿信。

"是阿信嫂啊？"

伊助喊道。阿信苍白的脸在雪花中别过一边，在发愣。

"请你告诉村里人，我妈死了。"

伊助向着下游瑞桂寺的吊桥跑去。

阿信因为权助先入了家门，心里头多少平静下来了。她加快脚步，先告诉自己婆婆，又出门跑雪道去了十五户人家。

对于权助母亲的死，村里人都一副"这个时刻终于来了"的面孔，相告老太婆寿终正寝了。丧礼在川下另一侧的瑞桂寺举行，十七户人家全体到场。缺席的是杜氏的育三和留吉。

丧礼之日，在大雪封寺的瑞桂寺本堂前，阿信看见权助身穿丧服坐着的身影，但看不清面孔。被强暴时的恐惧突然复苏。阿信心想，若显示出畏惧，可能他还来打坏主意，便躲在村里人后边发抖。但是，权助在雪中说了好几回的话，烙印在她脑子里：

"别跟留吉说啊。别跟任何人说啊。你不出声谁也不知道。明白吗？明白吗？"

这种事情，要是被留吉知道了，真不知小心眼的留吉会干出什么事。可能会拿刀砍权助，也可能气昏了头打骂自己吧。

"不能说的，千万得瞒着留吉才行……"

阿信跟在村人后面，对权助母亲的白木棺材烧了香，但她厌恶得恶心想吐，双脚因愤怒而发抖。

权助前往京都，是丧礼的翌日。伏见还有活儿。丧事办完，权助在村里也没事了。权助走在雪后阳光照耀的路上，去了下游。阿信事后听说了这个消息，松了一口气。

从翌日起，阿信若无其事地去石灰小屋编席子。

一起从歌合出发的阿花、阿秀感冒都好了，结伴上路，二人不可能知道阿信被权助施暴。阿信也就安心了。

编席子是石灰小屋的厂长为附近农家妇女着想的一项冬天副业，这是一项相当辛苦的劳动。

席子是装石灰的稻草袋。也就是说，厂长的打算是，秋天里向各村便宜买下旧稻草，以此为材料，只须支付手工费，就能生产出包装石灰的稻草袋了。

叫作"编席子小屋"的作业场，是在石灰窑下的仓库旁建的一家锌铁皮屋顶的水泥地小屋，空空的，约有二十坪。里面铺上草席，约二十位女性排成两列，一心一意编席子。其中有两个人编细绳，二人用槌子把稻草敲软，将变软的稻草垫在屁股下，在身前一根一根抽来接上，灵巧地编成绳子。这就是做席子经线的绳子。排在她旁边的编席女子们坐在一个叫做"马"的架横木的台子前。她们把捆了绳子的"驹"作为镇石，将去了叶鞘、切整齐的稻草灵巧地编上，发出"得得"的编席子声，熟练地编织。从一早坐到傍晚，只能编八张席子。编一张工钱二钱，怎么使劲也只能拿到十六钱。然而，看人们争先恐后要来，必须说，这十六钱的收入颇具魅力。而且，烧炭的活儿要进深山，是流大汗的劳动，所以，坐着就能干的编稻草，算轻松的。二十个女人面对面，谁嘴上都不输人。带色的话语不绝于耳，这也是年过三十女人多的缘故。当中既有寡妇，也有阿信这样的少妇，还夹杂着尚未出嫁的大姑娘。聊得兴起时，在年轻姑娘面前也不掩饰。

阿信一边留心听她们的对话,一边心中想着伏见的留吉。但是,自从见了权助,她变得与前稍有不同,神情忧郁了。

"阿信,你情绪好怪呀,怎么啦?"

歌合村的阿花比阿信大三岁。她跟阿信一样,是从外面嫁进来的。因为境遇相似,二人是好友。阿花见阿信只顾出神,停下更换"驹"的手,颇为诧异。

"她呀,一心想着留吉哩。"

阿花单边酒窝的面包脸喜笑颜开。

"到三月就回来了嘛。带着大把钱回来啦。"

她话里带着羡慕之情,意思是"你有留吉这么能干的丈夫,好幸福"。

阿花大声说着,旁边的女人都没话了。说起来,谁都觉得阿信脸色略显苍白。

"你该不是有了吧?"

有人问道。阿信心中一震。一直想要孩子的,但结婚都两年了,还没有动静。可此刻有人提起这件事,她感觉可能跟权助的偶发事件在身体里留下了种,才脸色发白了。

"奇怪,没听你说呀。阿信,你有了吧?留吉走时使劲干了吧?"

阿花在一旁问道。

"没,没啦。"

阿信摇头。越发当真了,女人们一下子来了兴致。

"有了不是挺好吗?阿信,是你好老公的孩子嘛。人人都想生娃,可有人还没那一位呢……"

外乡女人们露出斑驳的黑牙齿，大笑起来。

"没人看见。只要我不说，就没人知道。只要权助不说出去，那雪道上的耻辱，一辈子都不会暴露……"

阿信在心里反复念叨。

五

在酿酒场,进入一月份,酒曲做成了,要转入"六尺桶"里。里面放入蒸米饭,这就是"初添"。从前都用桶,现今代之以搪瓷盆。留吉干活的大和屋,一直以来爱用吉野杉制作的"六尺桶",这种山木桶发出润滑的光泽,盛满了蒸米饭。

"初添"完成,再来"中添",然后是"留添",装料的工序就结束了。完成此事约五天后,要转入母桶内。因为酒曲开始慢慢发酵,酿酒场内飘荡着一股酒味儿。最后,母桶中传出起泡的"噗、噗"声,杜氏们每天都要用棹棒搅动。这样持续约二十四五天,大桶终于有了一种苹果的芳香。

权助喊住手握棹棒的留吉,是在一月底的一天。

因为干活区域不同,二人极少碰面,权助叫他时,他正因为劳作和睡眠不足而眼窝深陷。

"留,过来歇一下吧?"

权助说道。留吉心想,在这里即使偷懒,工头也看不见。他来到权助跨站的母桶下面,站在权助只围一条兜裆布、汗毛长长的两腿间,看着权助要流鼻涕的脸。

"歌合那边怎么样?"

留吉问道。自权助奔丧回来,二人还没好好说过话,留吉觉得这是好机会,就问起村里的情况。

"你妈和阿信嫂都挺好。"

权助露齿一笑。

留吉并没有疑心这笑容。他觉得没口信来也很自然。若有事，阿信会写信来。她大约一周写一封信。在石灰小屋编席子的事、歌合清除积雪的事、村子修缮的事，甚至连哪里的竹子因积雪折断了几根，她都写到了，所以留吉也无话可问。但是进入一月，阿信没信来了。只一封夹带贺年卡的信，就中断了。留吉曾有点儿介意，但也觉得那么频密写信反倒不正常，所以没信来也没在意。他认为，她平安无事地干着活儿吧。证据是跨站在桶上的权助说的话：

"我跟阿信嫂啊，在雪道上偶遇了。她说阿花、阿秀都感冒了，就她一个人去干活儿。"

权助说完，又露齿一笑。在他的心目中，把留吉当傻子看。说实话，权助自从回到伏见来，时不时会想起阿信在雪道上张开白皙大腿的身子。可以说，那比权助迄今在系鱼川和其他镇子所见识的小酒店女子、烟花女子都要棒。一想到留吉在春夏之夜，把那阿信的身子来随意戏耍，他竟在得识阿信身子前就很嫉妒了，这确实奇怪。权助喊住留吉，是要证实自身的优越感，但看着规规矩矩的留吉一直仰着头、眨巴着眼睛，他反而增加了自卑感。

权助往棹棒上使劲，鲁莽地搅动起泡的酒曲。留吉眯起善意的眼睛，小小的脸庞笑开了：

"那你干活吧。"

留吉说完，离开了装料房。

权助目送留吉的背影，却丝毫没有强奸了阿信的优越感，一种苦涩的、恼怒般的东西反弹到自己身上。

当母桶类似苹果芳香的味道弥漫酿酒场时，要准备点火。点火仪式上，自洗秋来的工匠中，若有人要回乡，是允许的。但是，想干活的人因仍有杂活，可以留下来。留吉参加了点火仪式，但没打算二月回乡。到三月之前，他不回家。

在点火仪式上，开了杜氏伙伴的会，大和屋主人表彰有功劳的杜氏，颁发奖金，这是历年的传统活动。

二月二日早上，看装料房墙壁上公布的获奖者名单，权助吃了一惊。因为洗秋的留吉名列其中。

  勤劳奖   上人头   濑神留吉

上人比洗秋高级，做了上人头的话，工钱就跃升为二圆二钱——留吉可谓意外地成功。

这一公布连留吉本人也吓一跳。但是，杜氏们对留吉年纪轻轻升上上人头，多数是接受的。即便羡慕留吉，也觉得这结果理所当然。实际上，留吉干活的方式，其他任何一位杜氏都做不到。留吉在薪金之外加班，要比付薪的日子多几成；上司不在时，谁都在工作时间里抽支烟、喝杯茶，偷一下懒，唯有留吉从不懈怠。每月只有两个休息日，杜氏们习惯上去伏见下游的中书岛或桥本的烟花巷买春，但留吉一整天躺在天花屋里，给阿信写信。虽有家贫不愿花钱的吝啬，也是他性格上天生的规规矩矩。早上早起，晚上加班到很晚。这样的工作状态被认可、获擢升为上人头，也不奇怪。

然而，同村来的权助不乐意。小个子留吉成了上人头的话，今后就是自己的上司了。权助力气大，不妨说，他比谁都能扛重物，比谁都效率高。可是，不提升自己，却提升了小个子留吉，还表彰，他很抵触。

这种反感，权助不是对作出决定的大和屋主人，而是对着留吉。作为杜氏的规矩，必须绝对服从上司，所以他也不能顶撞留吉，这更让权助无趣。

点火仪式之后，出酒了。天花屋的横木上摆了酒杯，大家有旧酒款待。都喝醉的时候，权助来到留吉身边。一喝醉行为就出格，这也是权助的毛病，而此时他冲口而出的话，让获提升而满心欢喜的留吉如遭晴天霹雳。

"留，你来一下。"

权助抬抬他的方下颔，示意有重要事情报告。

"是阿信的事。"

听说是关于阿信的，坐在草席上的留吉蹭移过来，小小的脸庞挨近了。

"阿信怎么了？"

"这事情，我原打算一辈子不说出来的。"权助卖了个关子，说道，"你我是朋友。既是朋友，啥话都得说。不过，从今天起你是上人头，是我的上级了。所以呢，想说的话不趁现在说不好，我决定说出来。"

权助说话有点口齿不清，但他说出了阿信的名字，留吉便盯着他的脸，等他接下来的话。这时，权助低声说：

"听说她跟收购席子的小伙子搞在一起……你知道吗？"

"……"

留吉眼神一厉，仿佛缠上了权助的眼睛。权助继续说：

"那天我回家奔母亲的丧，看见一对男女走在雪道上。仔细瞧，嘿，是阿信嫂和收购席子的男子。可能是在石灰小屋好起来的吧。收购席子的人在村里转,标价比石灰小屋高二厘。我觉得他跟阿信嫂一起走路也没啥的,在他们后面走,在雪中一直看着他们。嘿,两个人在地藏山下抱成一团了……"

"唔,唔!"

留吉闭上凹陷的眼睛,太阳穴在颤动。

"你看见了?"

留吉气喘般问道。

"我看见了,亲眼看见的。可是,我想自己可能看错了,抱在一起可能也没啥事。进村前我没作声,一直走,来到村口,我从后咳嗽了一声,那收购席子的男子吓了一跳,阿信嫂也吓了一跳。接下来第二天的丧礼上,我听到村里人议论,原来是那么回事。阿信嫂也真看不出来啊。我一想起你,就觉得你太可怜了,留。"

权助换了小时候的称呼,真实感十足。

"留,我觉得你太可怜了。女人真是搞不明白啊,留。你蒙在鼓里,我就一直在想,该不该说出来,但最终还是说了。交情嘛,明白吗?"

留吉颤抖着,说不出话。

"阿信跟别的男人搞在一起……"

留吉闪过半信半疑的念头,但权助说得少有的具体,若非真事,这个人不会这样子说话。他觉得,权助说话粗疏,但此时说的则不妨相信。

留吉感觉脚下的沙地要坍塌了。

由晋升上人头的喜悦,一下子被推下地狱深渊。

"真的吗,权?"
留吉咽了一口唾液,喘着气问。
"这种事情,能说假话吗?"
权助说道。

六

　　在三月十五日完成工作之前，留吉过着郁闷的日子。从二月底起，酿酒场开始"去渣""过滤""卸渣"等工序，等桶里终于呈现清酒模样，这就是黄金之水即将做成了，所以杜氏们的脸色也都变得明朗，酿酒场转而显得生气勃勃，唯有留吉的脸是病怏怏的。工头育三担心地询问了他，留吉却摇摇头，不肯说。随着完工的日子临近，话不多的留吉越发没话了，所以杜氏们尽管有所感觉，却不明所以。只有权助一人知道。

　　因为留吉神色异样，权助翌日就后悔了。虽然他借酒劲说了不靠谱的事情，后悔不已，但他又想，留吉回到村里，无论他如何刨根问底，阿信都不可能坦白和自己的那件事。以那女人的性子，会坚持否认到底吧。即便火星子溅向自己，死扛说不知道，也就没事了。权助对留吉的变化感到些许不安，但也有乐观的理由。

　　三月十五日来临，大家终于要启程了。这一天，散归各地的杜氏们有一餐分手酒饭，称之为"大清场日"。留吉这一天喝得大家都有些吃惊。

　　离开大和屋时，留吉满脸通红。但是，除了权助之外，没人知道他的心思。

　　留吉和育三、权助从京都搭乘火车，其间他一声不吭。

"你怎么了,留?"

育三摸摸他的毛栗子头,问道。

"我没啥,没啥。"

留吉摇头。

在米原换乘北陆线,三人来到亲不知出站,是三月十六日过午。三人的装束打扮与十一月份离开歌合时一样,要说变了的地方,就是怀揣着四个月的工钱。但是,只有留吉心头背着个大包袱,下到亲不知。

白雪消融的亲不知,远山山顶仍白雪皑皑,山脚则是斑驳的融雪。风是暖暖的,歌川水流大了。沿溪流步行入村,留吉满脑子挤满了对阿信的疑问和愤怒。

三人进入歌合村,各自回家。当留吉看见站在家门口的阿信时,复杂的心情填满胸膛。阿信满心欢喜地跑过来,露出红色的下摆里子。

"您回来啦。"

阿信说道。

"嗯。"

留吉不开心地说着,气冲冲地走上门前石阶,粗鲁地打开门,进了起居室。母亲恰巧去了邻家,不在。

"阿信。"

留吉对站在外面窥看情形的阿信说道。

"你过来,我有话得跟你说。"

阿信一瞬间僵住了。

——权助说出来了?

她掠过一阵恐惧。

"你过来啊。"

留吉声音发颤,目露凶光。

"你为什么不过来,阿信?"

声音大起来了。阿信硬着头皮,胆战心惊地走进起居室,坐下。

"你真的跟收购席子的男人睡了?"

"……"

阿信眼前一亮。

"村里人传说,你跟来石灰小屋收购席子的男人睡了。你竟然在我去打工的时候,丢我的脸啊!阿信!"

"胡、胡、胡说呀!胡说呀!"

阿信嚷嚷道,她冲到留吉跟前,搂着他的膝头。她白皙的后颈裸露出来,汗津津的。梳好头、抹好鬓发油等待丈夫归来的阿信的哀伤,朝留吉扑眼、扑鼻而来。

"胡说八道呀。你听谁说这么不着调的事?是权助吗,胡扯这种事的人。他是想离间你我的关系呀。那全是胡说的,我真没干那种事情。"

阿信说道。留吉醉眼惺忪,望向天空,放心了一般看着阿信。阿信抱紧留吉说道:

"权助胡说八道的。如果我跟收席子的人有那种事,我宁愿去死,我宁愿回筒石去。我一直在等你。你为什么那么伤心的样子?你信权助不信我吗?你为什么那么伤心的样子?"

阿信说着,伏在席子上痛哭。她搁在留吉膝头的手指,因为一个冬天的编席劳作而粗糙不堪。留吉看着阿信皲裂的指头,突然感觉是权助在胡说。他不由得憎恶起权助来,他从后抱紧阿信的肩头。
　　"是胡说的？真是胡说的？"
　　"是胡说，就是胡说的。"
　　阿信大哭不止。

七

濑神留吉相信了阿信的话,他恨权助胡说八道。有时即便在村道遇见权助,他也不说话,也不打招呼。他觉得就算绝交也无所谓。心里拿定了主意,回想二月初以来在大和屋苦闷度日的情景,觉得自己很蠢,也越发觉得阿信值得同情,更觉其可爱。

进入五月,稻谷开始发芽。留吉和阿信二人站在溪底般的水田里播种。秧田搞好了,就准备给山坡上的层层田地灌水,这些地块往往仅一张榻榻米席子大小。要花力气更换竹筒,修田埂。

阿信说身子不适,是在四月初。不久她就显得脸色苍白、浮肿,留吉担心起来。他提议去看医生,但阿信总是不愿意。虽然不舒服,但她还跟着留吉下田。一天傍晚,留吉见阿信精疲力竭,在田埂上呕吐,吓了一跳。

"阿信,你怎么啦?是身子不舒服硬挺了吧?"

留吉跑过来,摩挲阿信的后背。但这时阿信推开他的手,劲大得让留吉吃惊。

"怎么啦,阿信?"

阿信眼里渗出泪水。留吉斜一眼田埂上亮晃晃的饭粒、蔬菜等呕吐物,问道:

"阿信,你怀宝宝了?"

阿信一瞬间睨视留吉的脸，然后肯定地点点头。

"是怀上宝宝了，阿信？"

见阿信点头，留吉小小的脸庞绽开了笑容：

"太好了，太好了！"

留吉高兴得声调都变了。阿信看着留吉欢喜的脸，低下头，下巴发颤。

她感觉可能是怀孕了，是在三月底。阿信月事不调，也有劳作辛苦的原因，但即使停了经，二月份还没意识到是妊娠。到害喜呕吐了，才清楚明白是怀上孩子了。然而，这孩子身上有女人才知道的不安。那就是结婚两年了，却一次也没怀上留吉的孩子，与留吉以外的男人交合，身子才出状况。她恐惧，那明显不是留吉的孩子。她也很不安，不知该怎么办。

留吉反而更怜爱阿信神色不安的样子。因为阿信没理由不高兴怀上孩子的。

"阿信，太好了！怀上了孩子，太好啦。"

留吉摩挲着手扶田埂的阿信的后背，一再说。阿信眼眶湿润，沉默不语。

留吉觉得原因在于阿信对初产感到不安。

阿信的身子变得引人注目了。每逢遇上村里人，人家都会恭喜阿信有喜，婆婆更是喜上眉梢。

到了六月，阿信因留吉半强制性的建议，前往青海的接生婆家接受诊治。接生婆反复摩挲阿信白白的、突出的肚子，念叨着：

"好大的胎儿！正月前后怀上的哩。"

是权助的孩子……

阿信被推落地狱深渊。她憎恨自己怀上权助孩子的身子。然而，恨归恨，却无能为力。阿信从青海接生婆处归来，只能对迫不及待发问的留吉这样说：

"说是胎儿在肚子里长得好，十二月生。"

"是嘛，是嘛。"

留吉说道。到了晚上，留吉开心地抚摸着阿信突出的腹部。

"要生娃了，要生俺的娃了。"

留吉天天晚上念叨，爱抚阿信的身子。可阿信却怕得要死，她越发病怏怏的。但是，留吉把这看成是产期临近的变化。

七月底，因为田里的锄锹不足，留吉出门前往青海的镇上购买。留吉难得跑一趟青海镇，偶然想起一个问题：是让阿信到医院生产，还是到接生婆家生产？按照惯例，歌合村人生孩子，是请接生婆上门生的，但他看阿信脸色不好，感觉会难产。也因为这是头胎，是第三年才怀上的，无论如何也想顺利。即便花钱，也要万全，这是很自然的。留吉办完了事，顺便去找上门的接生婆。也就是阿信去看的，叫古谷清的接生婆。恰好这位年近五十、好说话的接生婆在家。留吉进了门，她边看病历边说：

"十月初就要生啦。是个健康的大胖宝宝啊。我感觉不会是难产。胎儿发育正常，你放心吧！"

然后，她又接着说：

"男人嘛，就爱瞎操心。女人的身子就像米尺，专为这个事情安排的。怀上的日子,我也看得明明白白的。你是贺新年、钻被炉得的孩子。放心好啦,哪里都是新年怀上的多。你家这位,是我看的第八个十月份生产的母亲啦。"

古谷清无心的唠叨,却让留吉脸色刷白,仿佛带水的刷子刷过后背。

"古谷大婶,是真的吗?是正月怀上的?"

留吉浑身颤抖着,问道。

"是正月的孩子啦。男人不知道的,你放心好了,到十月的第十天,孩子就出来了。虽是初产,但你太太身体健康,不用担心。"

接生婆这样理解留吉异样的眼神,微笑道。

留吉离开接生婆家后,都不明白自己是怎样跑到青海车站的。他上了火车,在亲不知站下车,恍如在梦中。留吉从沿歌川的道跑回歌合村,路上睨视着从石灰小屋阁楼冒出的白烟。

"阿信撒了谎。阿信怀了收购席子的男人的孩子……"

这种惊愕转为对阿信绝望的愤怒,泪水已不再流。留吉一脸杀气,令人想到狰狞的恶鬼。

三年来对阿信的信任如同泡沫般破灭了。留吉想大喊大叫。他觉得自己被愚弄了,总是笑脸相迎的阿信简直是魔女。遭背叛的恼火和自己一直信任的徒然,让他脚步踉跄。

带着杀气的留吉抵家时,只有母亲一人在起居室。母亲说阿信下地除草了。留吉话也不回,向溪下的田里跑去。

必须让阿信开口说实话。如果她说出真相,没把握会不会原谅她,但总之要揪住她的脖子,让她说出真相。

留吉绕过蝉鸣的山角，来到杉木林边上。这里看得见他和阿信尽心尽力守护的梯田。他干涸的嗓子拼命挤出声音，喊阿信的名字。当树阴下的芋田一角出现阿信蹲着的身影时，留吉踢着泥土跑了过去。芋田的藤蔓绊脚，他好几次差一点跌倒。留吉跌跌撞撞地跑过去。

"阿信，我问过青海的接生婆了，你是正月怀上孩子的。我正月在伏见。你怀了谁的孩子……你说！阿信，你说清楚，你说实话！"

阿信见留吉脸色大变，对他说出的话大吃一惊，一时间怔住了。少顷，她断念似的跪下，低着头。

阿信沉默不语，手抓住芋蔓不动。留吉见她这个样子更加怒不可遏。他怒气攻心，话也说不利索了。

"阿信，你竟然一直骗我。你竟然骗我到今天！阿信，你不说实话吗？你打算一直骗下去吗？"

留吉疯了似的揪住阿信的发髻，阿信苍白的脸仰起来，她痛苦地皱着眉头，泪珠簌簌顺颊流下。

"我没骗你……没骗你。"

阿信说道。

"你撒谎！哭也不行！你别想蒙人，我不会上眼泪的当！别想蒙我！"

留吉松开手，在阿信面前跪下来，猛地两手夹着阿信的脸，盯着她。

"我，没有骗你。"

阿信仍是低低地挤出声音说道。

阿信哭着，两眼凝视天空，任留吉摇晃她的头。在留吉看来，这也是女人怄气的挣扎。他怒火喷发。

"阿信，你别装糊涂，快说！"

留吉吼道。阿信默默凝视天空。

"你不说实话，阿信？"

"……"

"你说不了实话，阿信？"

阿信只是流泪，不说话。她像哑巴一样沉默，只任泪水长流。留吉盯着阿信泪湿的脸庞，激愤得发抖。

过了一下，留吉双手扼住阿信的颈脖。

"快说，阿信！快说实话！"

他又摇晃阿信。阿信仍旧沉默，她的脸没动，淤血的嘴唇歪了一些，发出"呜呜"的呻吟声。她仰面倒在芋田中。

"阿信，快说、快说！"

满脸杀气的留吉嚷嚷着，骑在阿信身上，扼颈的手更加使劲。

到留吉明白阿信已断气，已是数小时之后的事了。他站在月色明亮的大杉山边，神情恍惚。

"阿信没说实话就死了……"

留吉满心后悔和恐惧，随后号啕大哭。他爬过去，伸手摸摸阿信的身体，但阿信冰凉的脸，却怎么摇晃也不会说话了。

濑神留吉向亲不知的警察局报告妻子阿信自杀的事，是第二天早上九点的时候。派出所警察从留吉失声的供述看出含糊之处，急急赶到他歌合的家。阿信的尸体躺在内厅的褥子上。警察仔细看了死者的脸，见阿信颈部有疑似抓伤的伤痕，警察脸色一变。但是，留吉说道：

"阿信老说，她好怕生孩子、讨厌生孩子。肯定是初产的恐惧伤害了神经，不想活了。搞得这么麻烦。"

村民们围在尸体周围，异口同声赞成留吉的说法。阿信怀孕以来，变得不爱说话、心绪不佳，这样的解释也说动了警察。

警察听村民们说，濑神留吉是个能干的杜氏，这个冬天他刚在伏见的大和屋升为上人头，便判断这样规矩的人，不可能杀害初产的妻子。亲不知的年迈医生用了约五分钟验尸，就认定为自杀。

濑神阿信的丧礼翌日在歌合的瑞桂寺举行，给阿信娘家那边的筒石发了电报，但没有任何人以亲戚的名义前来。阿信原是孤儿。虽知道她出生于筒石，但她自幼当佣工，或给盲女当向导，或靠汲盐水度日，长大后嫁来留吉家，她在筒石没有家。只有从筒石去伏见酿酒的冲中专造赶来参加丧礼。

"那孩子原是孤儿，是个好可怜的孤儿……"

专造只说了这么一句话。在十七户村民的护送下，阿信的棺木下葬在瑞桂寺后的墓地。

但是，这个故事并未至此结束。关于阿信的死，因有人质疑，留吉再次被村民议论。原因是溪下芋田里发现了一把木梳，而这块地是留吉家的。村民们记得，这把梳子是阿信用编草席的钱买的，她总是插在头发上。留吉供述阿信是在家里上吊的，而芋田里的梳子和踩踏不堪的现场，说明阿信和留吉在这里挣扎过。议论开了，很快就传到了警察局。警察觉得为难，因为尸体已经作为自杀下葬了。

歌合村的人对这些议论半信半疑，但只有越后筒石不答应。专造向系鱼川警察局报案，已是阿信下葬五天之后。

系鱼川的警察局长向新潟县警察本部长及地方法院递交报告，获得重新开棺验尸的许可，这真是前所未闻。秋风吹过的山上，变红了的枫叶，似在黑树之间燃烧。

当天，县警察本部有警部补来参加，歌合瑞桂寺墓地开始挖掘。木棺露出还发白的木头，从土中起出。

两名医生和两名警察戴上手套，启开棺盖。棺盖轻易被打开了，露出女尸深红色的脸。相关人员一齐望去时，异样的臭味扑鼻而来。

闭目长眠的阿信，身下白绫和服的下摆染得通红。

在验看颈部之前，一名验尸人员先要弄清从何处渗血到白绫和服。他掀起和服下摆，"啊！"地喊出了声。

一个带血的婴儿拖着胡桃念珠似的脐带，趴伏在阿信股间。看似安眠的婴儿，长着黑黑的头发，光滑的小脸像白蜡一样。

这是阿信在棺内诞下的孩子。母子都无言。

桑孩

"您知道桑孩的故事吗？就是在桑田里生孩子的故事。这样的故事，也许对于写作的您来说，不算特别稀奇吧。说起来，在北陆一带的穷困村子，自古就田地有限，孩子生了下来，无奈实行所谓'间苗'，从老三、老四起，就扔掉了。在大约明治三十年之前，'间苗'是被容许的。有母亲来派出所老实报告：'生下来不是男孩，就用湿毛巾捂嘴，弄死了。请您宽恕。'警察局也不当一回事就处理了，不让上头知道……咱出生的村子，也是爱搞'间苗'的地方……"

栎山太郎吉说了这样的开场白，告诉了作者以下的故事。

在若狭的大饭郡，每年旧历二月来临，会举行叫做"释迦释迦"的奇特风俗活动。

若狭位于越前和丹波之间，是沿海的狭小地方。它跟滋贺县的分界处，耸立着高山，从这座山向海延伸，像梳齿般呈现好几道褶子。褶子前端成了海角或半岛。所以，海岸呈锯齿状，从敦贺通往舞鹤的大道，要钻过好几条短短的隧道，多处地方很险峻，贴着岸边，几乎溅上浪花飞沫。溪谷从岸边伸入深山，溪谷上的村子各自被大山隔开，所以村与村之间没有交流。它们孤零零，有各自的风俗语言。

太郎吉出生的大饭郡，是这些溪谷其中之一。故事里出现的"释迦释迦"的风俗，只残存于溪谷深处的冈田小村。可以说，是其他小村子看不到的奇异风俗。

太郎吉说，说它是奇异风俗，听来有几分摆谱。简单解释的话，那个风俗大致是这样子：

旧历二月十五日，这天一早，这条村六岁至十五岁的男女孩子们要集中到村后的、树木环绕的观音堂前，从天开始亮时起就分组排好队，走过全村六十户人家的门前，轻轻敲门。孩子们各按所好分组，三四人乃至五六人一组，于黎明时分去敲各家各户的门。这时候，孩子们一再异口同声喊"释迦释迦"。

所谓"释迦释迦"，是指释迦牟尼世尊，让人觉得，这风俗的形成，与附近一带的寺庙信仰有关。总之，孩子们一边喊"释迦释迦"，一边敲各家各户的门。于是，村里各户会有人起床来应门，打开仅容一只手通过的门缝。大人就从里面问："是谁呀？"

孩子们报上自家屋号和自己的名字。因为大饭郡一带很多叫某某左卫门、某某右卫门的，所以孩子们得喊"我是太郎左卫门的某某"。这时，门里的大人不露脸，只把手伸出外边，说"打开袋子"。

孩子们脖子上各挂一个大大的布袋，像僧人化缘的袋子或者绳子束口的荷包。他们松开绳子，打开袋口，朝向门缝。于是，门缝里就会伸出来一只大手，那手里抓着一把炒豆子之类的点心，放进袋子里。

到转完六十户人家，孩子们已经腿跑木了，个个袋子鼓鼓的，装着各种各样的点心。

这是早上的仪式，而到了当天晚上，观音堂点起了灯，六十岁以上的老头老太们聚集起来。堂内设有地炉，燃烧着松根或粗大的树枝，周围铺了席子，越老的人越靠近火。老头老太们一边念佛，一边聊通宵。孩子们也加入其中。

"释迦释迦！"老头老太们中也有人高兴地念叨这话，所以这种聚会也跟释迦牟尼佛有关系吧。

太郎吉说，他不知道佛教的二月十五日是什么日子。也许是佛（释迦）涅槃日吧。他说，他觉得应该是孩子、老人为释迦佛的灵祈祷冥福的仪式。

也就是说，各家为孩子们预备了点心、炒豆子，每人一把放进袋子里。我觉得，这种做法也有"施饿鬼"的意思吧。因为孩子也被称为"饿鬼"，所以唯有这一天，看在释迦佛的面子上，不妨接受些食物供养。老头老太们聚集在观音堂，一边念佛一边围炉烤火，也都是为安慰释迦牟尼佛之灵吧。围炉烤火，是雪国最感温暖的，是要烤着火，缅怀前往释迦佛身边的亡者。

太郎吉降生在这条冈田小村的葛吉家。葛吉是屋号。父亲用爷爷的名字取了屋号，自报为姓。太郎吉在那年的二月十五日到了六岁，可以说，这是他头一次参加"释迦释迦"的仪式。

太郎吉前一天晚上就睡不着了。一想到终于可以加入孩子们中间，边跑边喊"释迦释迦"，就好开心。若是五岁，则不被接纳。到了六岁之年，父母会说："你也终于可以加入'释迦释迦'的仪式啦。"所以，孩子们对于这一天的到来，是一整年——不，是从四岁前后起，就盼望着的。

二月十五日下了雪。一般说来，若狭多雪的月份是旧历二月前后，连续下的话，一个星期都下不停。各家屋顶都用稻草修葺成三角形,在屋顶积起来的雪会不断从屋檐滑落,结果每家每户都像是修筑了高高的雪墙一样。因为风也很猛,各家周围都垒起了割存的茅草,家里头就更加昏暗了。

太郎吉一夜没睡,等待早晨来临。到五点左右,葛吉家门口传来了孩子念"释迦释迦"的声音。是打头阵的孩子来了。

"是谁呀?"太郎吉的母亲开口问。

"是勘左卫门的弥助呀。"外面传来一个声音。

"好吧。"太郎吉的母亲打开一条门缝。

狂风夹带白白的雪粉刮进来。母亲因为穿的是单睡衣,膝头受了寒风。母亲边嘀咕"好冷"边从门内侧放炒豆子的升斗里抓起一把,说着"来,勘左卫门的弥助",递给在风雪中张开袋口等着的孩子。

勘左卫门的弥助七岁。此时弥助绑好装了炒豆子的圆底袋子的绳纽,邀约道:

"太郎吉啊,太郎吉怎么啦?你也去'释迦释迦'吧。"

太郎吉脸也没洗,早等着了。他把袋纽绕脖子挂在胸前,跟裙裤的带子结在一起。

"勘左卫门的弥助呀,你能跟咱作伴吗?"母亲问道。

"嗯。"门外应道。

太郎吉听说,一溜烟冲出门,跑进暴风雪里。

"弥助,你带我去'释迦释迦'。"

"好啊。你就跟在我后面。我一说'释迦释迦',你也一起说。"

弥助七岁,比太郎吉大一年。他边走在村道上,边在大雪中喊"释迦释迦"。于是太郎吉也跟着他跑,喊"释迦释迦"。两个孩子蒙上白白的雪粉,马上变得一身白。

奇特的是,第一年加入仪式一起跑的伙伴,日后会变成好友。也就是说,太郎吉成了弥助的好朋友了。但这一次,若太郎吉即使弥助相邀、即使弥助在大雪中喊,他也不应的话,弥助就只能独自跑"释迦释迦"了。可以说,弥助之所以邀太郎吉,是有心将来和他做好朋友,而太郎吉也认可,所以二人就结伴跑"释迦释迦"了。

太郎吉和弥助花了约两个小时,跑遍了雪中的村子,把袋子装得满满的。然后,在"释迦释迦"结束之后,二人玩了一整天,约好晚上再一起去观音堂。

观音堂是瓦屋顶,因为是村里的公共建筑物,建得简陋,好不容易才能遮风挡雨。墙壁坍塌了,柱子、横木也都开始歪斜。四方形的堂正面,有一块脱鞋子的大石头,是自然石。上了那里,是一个铺地板的大房间,约十张席子大。正面有佛坛,供着佛龛。只有这天,佛龛的门打开着,昏暗的箱子里,三尺高的观音菩萨立像蒙了尘。

这观音像与普通的佛像没有不同,但它的金箔脱落了,露出了木纹。这观音像站立着,一只手垂在肚脐附近,一只手肘部弯起,大拇指和食指捏成一个圆。立像前插着蜡烛,此刻那里燃起了粗大的蜡烛,烛光摇曳。大房间铺了席子,地炉刚燃起火,打湿的木柴冒烟,弄得烟雾腾腾。六十户人家应来聚集的、六十岁以上的老头老太,那一年有三十二人。但年过九十、腰腿不便的老头老太则因雪路难走不过来。只聚集起能扶杖走路的人。太郎吉和弥助来瞧时,为时尚早,只来了一个老头,叫上村的庄左。

所谓"上村的庄左",是庄左卫门屋号的简称。太郎吉和弥助见庄左老爷爷弄弄柴火、在炉边坐下,就进了房间,问:

"老爷爷,烧火了吗?"

村里孩子都对这位老爷爷有好感。村里老头老太不少,有受孩子们欢迎的,也有被憎恶的。这其中,庄左老爷爷是最受欢迎的老头之一。庄左经常给孩子们讲奇特的故事。

"是谁呀?葛吉的太郎吉和勘左卫门的弥助吗?"

老爷爷揉着惺忪、蒙眬的眼睛,瞪着门口方向。他年过七十,耳朵不灵了。

"唔,是太郎吉和弥助。"弥助说道。

二人坐在炉边。庄左爷爷打量着两个孩子,冒出一句话来:

"是勘左卫门的桑孩吗?"

弥助因自己被说是桑孩,吓了一跳。

"桑孩是什么?什么是桑?"弥助追问道。

太郎吉也觉得庄左爷爷的话好奇怪,留心倾听。

"不知道桑孩吗?弥助,你是桑田的孩子嘛。桑田洞窟生的孩子嘛。"

庄左爷爷张开大嘴,露出只剩一两颗积垢的黄牙齿,笑一笑,呈现紫色的齿龈。他凹眍的眼睛盯着弥助看。这时候,太郎吉无法正视庄左爷爷的脸,好吓人,因为他觉得,莫名其妙地就说他新交的朋友是桑孩,是很蔑视弥助的事情。

"爷爷,我不是桑田洞窟生的呀,是我妈生的呀!"弥助带着哭腔喊道。

于是，庄左爷爷解释说：

"弥助啊，你一无所知啊，你是桑孩啊。你长大以后，一定会明白的。你是桑田生的嘛。"

弥助眼看要哭了，但他强忍着。他也许不想让比他小的太郎吉看见他哭泣的样子吧。而他紧咬牙关，面对说了轻蔑话的庄左爷爷，眼看就承受不了，要垮掉了。

观音堂前连续不断出现老头老太们。他们脱下木屐或者长靴，一边拍打着濡湿的毯子，一边走进来。老头老太们见庄左爷爷在烧火，异口同声说：

"辛苦啦，庄左。今年该你烧火吗？有劳啦。"

老头老太们来到里头的佛龛前，从兜里掏出备好的线香，就着蜡烛火点燃，插在满是受潮香灰的香炉上，各自合掌念佛。

南无阿弥陀佛，南无阿弥陀佛。

南无阿弥陀佛，南无阿弥陀佛。

老头老太们的合颂，顺着烟，回荡在低低的观音堂天花板上。不久，太郎吉和弥助都觉得老头老太们的发油、汗味儿呛人，就走到外面去了。

雪在下。观音堂里传出念佛的声音。太郎吉走在前，后面的弥助冒出一句："桑孩。"

太郎吉一回头，见弥助瞪着他，样子吓人。

朋友轻蔑的脸，让太郎吉挺生闷气的，他猛然在雪中跑起来。

为何弥助被庄左爷爷说是"桑孩"，就换了个人似的呢？长大以前，太郎吉是不明白的。

刚刚因为"释迦释迦"交上朋友,弥助却从那天起,就不找太郎吉玩了,也是不可思议的事情。

"弥助为何那么生气、那么沮丧呢?直到最近我才明白。"太郎吉接着说。

"弥助这孩子,是勘左卫门的三子。这孩子家里很穷……这么说,似乎我们葛吉家挺富裕似的,其实彼此彼此,都是贫穷家庭。但弥助家跟我家不同,孩子多。孩子多了,杂费也多,就更穷了。弥助的父亲勘左卫门,他老婆叫阿兼,两个人干活很卖力。弥助出生在明治三十二年秋末,那是农忙最厉害的时候,阿兼到了临产月份。感觉阵痛,是在傍晚时分,她在谷田后面的田埂上正收割小豆的时候。农家妇都是干活到临产月份的,不可能像现在住进医院,在护士看护下慢慢生孩子,或者经接生婆之手生产。阿兼阵痛了,就捧着大肚子回冈田的家。勘左卫门是木匠,那天不在家,大概是出门帮忙做某处的土木工程吧。阿兼捧着大肚子往家走,途中偶遇了庄左卫门。庄左卫门见阿兼青筋突起、大汗淋漓地赶路,就问:'阿兼,要生了吗?小孩动了吧?'

"阿兼捧着针扎般越来越痛的腹部,蹲在路旁。

"这时,庄左卫门说了:'阿兼嫂,生那么多孩子,你要咋办哪?你家里都两个男孩子了。这回生下来,就第三个啦。你要怎么养啊?这样吧,我来帮忙。当做桑孩吧。让他上路做个桑孩吧。'

"傍晚的山路,不见任何行人。也许阿兼觉得从后搀扶她、帮她的庄左卫门,此时简直是菩萨心肠。

"'庄左,拜托了,就按你的想法办吧。'

"阿兼一边难受挣扎,一边请求。庄左卫门点头应允'好吧。'

"说着,他让阿兼仰卧在路旁的草上,解开腰带,摩挲腹部。阿兼揪着路旁车前草的根,拼命使劲。之后她就不省人事了。阿兼苏醒过来时,已经过去好些时候了,是庄左夫妇帮她躺在家里的储藏室里。她环顾四周不见婴儿。庄左看见阿兼睁开了眼睛,说道:'作桑孩处理了。我拿去丢在了桑田里。明天,如果那孩子活不了,我就把他埋了。你放心吧,阿兼嫂。我都会关照到的。'

"丢到桑田里,是何时起的习惯呢?在若狭一带,当时多以养蚕为副业,村边田地大体为桑田。我小孩的心里还记得,枝叶茂盛时,地里一片绿;到落叶时节,桑田看似无数针山。勘左卫门的阿兼生三子弥助时,正好是秋末,晚桑在海风吹拂下起伏。我也曾数度进入那片桑田。应该是五月份吧?结红色桑果时,就去吃得一肚子桑果。村里的孩子们从早到晚在桑田里转悠,寻找美味的桑果。那种时候,有时就会遇上'洞窟',吓一大跳。我记得'洞窟'在田地中央空地,远离田埂。洞窟呈壶状,周围用木槌仔细敲打过。所以,一眼看上去,那里像是埋了一个壶。洞窟直径约一尺,相当深,只有趴下来才能窥见底部。盯着底部细看,可见掉下许多苍蝇似的东西,发亮、黏糊的东西。恐怕是周围一带的鼠类跑来喝水,因为边缘硬滑,爬不出来了,死在了里头,异臭扑鼻。对了,就是那种死了猫狗的熏人味儿。孩子们一见那个洞窟就害怕,说'那是飞鼠洞',避之不及。所谓飞鼠,就是鼯鼠。我见过桑田里的洞窟，就问父母：'那究竟是放什么东西的洞啊？'大人说：'那就是鼯鼠的洞。鼯鼠把死老鼠、死猫等等放进去，存起来当冬季的粮食。千万别接近那洞穴啊，掉下去就爬不出来了，要被鼯鼠吃掉了。'家家的孩子都吃桑果，而家家的孩子看见了洞窟都害怕、都去问父母。于是，他们都知道是鼯鼠洞。

"阿兼在庄左卫门的帮助下，把可怜的三子作桑孩处理了。也就是说，被丢进了鼯鼠洞。"

"不过，桑孩的故事至此还没完。所谓桑田的孩子，像开头说的那样，是从桑田生还的孩子。没错，就是那些即使被丢进了桑田洞窟，却从那里爬了出来的孩子。也就是说，把连着脐带的婴儿丢进洞穴的翌日，家里人会去核实一下，看那孩子是否如预料中那样死了。据说其中会有健壮的婴儿爬出壶状洞穴，还有婴儿在带夜露的桑叶下哇哇大哭。这样的孩子，是体力、生命力超强的呀。看见被丢弃的孩子到第二天早上还活着时，就把他抱回家养大。这么健康的孩子，即便留在家里，也很能干，肯定能给家里帮忙。

"勘左卫门的弥助出生在路旁，让庄左爷爷丢掉了，但第二天，庄左爷爷去桑田里察看时，他竟在桑叶上睡得正香甜。真是稀奇事啊。弥助被称为村里头一个'桑孩'，被大人们视为怪异。

"我六岁那年的二月十五日，在观音堂火炉边，听庄左爷爷对弥助说'你是桑孩'，那并不是轻蔑的话……

"老爷爷那些话，是想夸弥助'你是村里最健壮的孩子'

吧。没错的。在我头一次参加'释迦释迦'的二月十五日后过了约十天，雪还没融化……村子笼罩在暴风雪中的一个早晨，庄左卫门爷爷死掉了。

"老爷爷留下的'桑孩'的话，至今仍言犹在耳。桑孩弥助十三岁时，感染霍乱去世了。小时候的朋友很难忘，比我高且壮实的弥助，他那个傲气的鼻子、总挂着的清鼻涕、牵着我的手在暴风雪中喊'释迦释迦'、满村跑的身影，此刻就在我眼前。"

盲歌女阿凛

一

说说盲女艺人阿凛的故事。

在此之前，我先解释一下盲女艺人，以及巡回盲女艺人的称呼。所谓盲女艺人，一句话，就是指失明的巡回演出女艺人。

她们在固定的地方结伴过日子，定期出门。去的地方，是各处的盲女艺人旅店。而为了在那里住宿，她们演奏随身携带的三味线，演唱类似说经调的盲女曲，有时是时事小曲、地方谣曲，等等，给聚集而来的男女老少带来欢乐。有时候回答问题，向偏僻地区的人们传达他们不知道的消息，这自然是她们听来的，而非亲眼所见。这样度过由秋至冬春的漫长夜晚。有时遇上暴风雪，得留住两三晚，再前往下一个小村落的盲女艺人旅店。这样的卖艺流浪女子，生活在日本海边的人称之为"盲女艺人"。

我也出生在日本海边，是福井县西端的若狭。还记得年幼时的冬春，有眼睛坏了的女子，三四人结伴，身背行囊，手持三味线，在半盲女子的引导下来到村里。不过，这些盲女艺人是否居住在越前，或者加贺、越后，从那里来到福井县边上卖艺，具体就不清楚了。

她们来到村里，在村边阿弥陀堂住下，这古堂在我们小村里只作丧礼用。过了一夜，她们就上门卖艺，走遍六十三户人家。她们在人家家门口唱经说故事,低声吟唱孩子们听不懂的、流畅的说辞。弹着三味线,说说唱唱,得个什么礼包或者一杯两杯米,就转往下一家人的门口。当然,说唱的女子、弹奏三味线的女子都是全盲的。因为脚下看不见,她们得手搭前导女子的肩头,一个接一个,再后面的又同样手摸着前面人的后背,排着队走。这些让人联想到奇特的"乞丐",我们一整天尾随她们的情景,鲜明地留在我的记忆里。

说到"乞丐",在我们村里,没有大户人家,也没有家庭富裕者留非亲非故者住下、管一个晚上的饭。例如,孩子们看见化缘的行脚僧,就大喊"乞丐"、四下里通报。即便看见身穿白衣的遍路朝圣者,也说是"乞丐"。总之,凡是站在别人家门口,以唱吉祥经文讨些米盐过活的,便被视为乞讨,让人瞧不起。盲女艺人也是这种乞讨者之一。然而,这样一小队人,是全看不见东西的盲人,彼此背着同样的行李,下巴系着同样的圆笠(叫盲女艺人笠)的白帽带儿,挂着摩得光亮的细手杖,总低着头,等等,因此就令人印象深刻吧。

顺便说一下:乞讨者之中,孩子们最害怕的是"山伏"——修验道的修行者。这种男人挂着带铃铛的锡杖,垂着长发,戴着尖帽子,穿着好几层衣物,外面套上一件写有"熊野权现"或者"立山权现"的无袖短外褂,腰间挂着巨大的海螺号,圆饼般大的大片玉石数珠垂至肚脐附近。一站在人家门口,就"呜呜"地吹响海螺号,念天晓得的咒语。他们在拿到米或礼包前,绝不挪动。全村都讨厌这种人,他们一来,六十三户人家全都闭门上锁。与这样粗鲁的乞讨相比,由前导女子带领、温顺的盲女艺人一行,虽是巡礼者打扮,却赢得了孩子们的同情心。

　　许久以后我才听说，盲女艺人各有所属，她们在遥远的越后有艺班所在的、师傅的家，她们定期出门。我现在的印象，与我小时候对于盲女艺人的想法多少有些不同。但是，越后的盲女艺人为何来到若狭一带呢？后来我曾遇上越后盲女艺人，问她们是否去过那么远，她们答说曾搭火车去过越前、若狭，但绝少挨家上门卖艺。这么说，我见过的那些盲女艺人打扮的女子，并不是越后的，而是丹波或丹后一带的？这一点，至今没有人向我明确解释过。而村里的阿弥陀堂，往年一到冬天，就有那样的失明巡回艺人生火、投宿。若道路积雪难行，也曾十天、二十天滞留于此。有时，也有单独一人拄杖前来的盲女。

　　所以，我们村里搞的盂兰盆节活动"阿弥陀前面"之一，有小孩子和大人在八月十四日夜，在堂前庭园轮流唱：

　　"阿弥陀堂前面，有东西发亮。盲女艺人眼睛亮。"

　　"嫂嫂，盲女艺人眼睛亮，眼睛闪闪亮。"

　　"竹竿探着去前面的山。"

　　"前方渐渐看清楚，是元社地头。"

　　"上山土路如兜裆布。"

　　"绕来绕去好远哟，好远哟。"

　　像这样的歌谣从江户时流传下来，到今天仍被人唱着。由此看来，盲女艺人与本村人应有某种关联。

　　说到"阿弥陀堂前盲女艺人眼睛亮"，也许证实了远自江户时代起，堂内就有失明女子来落脚吧。我是从参加不明底细的节庆活动的经验来解释的。在本村逐家上门卖艺的盲女艺人们，因没有人家提供住处，就向区长请求将无人的破堂作为落脚处。那么说来，不仅盲女艺人，所谓"山伏"也住过。任村边只用于丧礼的堂荒废，也是大家的默契，想着作为平时提供给那些乞讨者的落脚处。但是，这些纯属我的想象。总而言之，在北陆一元，即便是吃闭门羹、一把米也得不到的山伏，仍有落脚处。当地人对于周游卖艺之人或乞讨者，有一种温情。

老人说过这样的故事：一对盲女艺人母女滞留堂里过了冬，春来时母亲病倒了，村民们都来帮那女孩子，拿来大米、味噌，照料病人。可是，回天乏术，母亲去世了。大家操办了丧事，遗体埋在三味谷，墓修在菩提寺的无缘冢。后来，这个女儿为吊母亲之灵，建起一丈六尺高的地藏菩萨，今日仍存。御影石的台石上刻字为："六十六部供养冢 为先妣之菩提而建 享保六年辛丑 惠休"。给失明艺人母亲引路的女儿名叫惠休，不妨视之为向旅途中的小村捐建地藏后离去。老人说，这位惠休在堂里住了两年左右，诵经、教村里的女孩子做针线活儿，之后离去。

故事至此为止，回到本题——盲女艺人们中，也有人祭奠了逝于途中的母亲，然后孤身上路漂泊的。说到"健全的盲女艺人"，这样的表述虽别扭，但固守盲女艺人原本的生活方式——居住在根据地，只在某个时期出门，就是延至今日的越后盲女艺人吧。

越后与若狭等地相比，是个大地方，属米谷丰产地带。从文献上可见，高田或者长冈的藩主很早时起，就为失明女子建立了座（艺班），认可"盲女艺人之家"。这是米谷有余裕的地方的特点吧。不限于高田、长冈，去到越后各地的农村，有以地藏堂或阿弥陀堂为中心的盲女组织，柏崎、寺泊等地至近年还有两班盲女艺人。

据居住于越后新井的文物调查官市川信次调查，高田盲女艺人于庆长十九年（1614）在高田发起，并固定下来，宽永元年（1624）松平光长从越前迁往高田时，有记录名叫川口御坊的人带领盲女艺人。据悉是二十三名盲女。今日仍存的高田盲女艺人是其余绪。

根据盲女艺人之间的规章，做师傅的条件是有家宅，无家宅者没有资格。师傅建立座（艺班），座有"头"，成为"座元"。据说座元由众人中修行年数长者担任，与年龄无关。师傅们作为宅主，就是用这样的互助机构，收留失明的幼女，将其培养为盲女艺人的。

修行的内容是弹三味线、记唱词，以及作为盲人的日常礼仪、出门时的经验等等。在高田，多的时候有十七位师傅，各有自己的班子。盲女艺人修行贵在自年幼起。若是六七岁，教的技艺记得牢；若到十七八岁时学起，则不易记，也记不长久。有时会有看得见或半盲的人来，成为引路的人，但对于看得见的人，据说担心她不知何时会离开，所以与盲女相比，学成满师较迟。

另外，这些盲女艺人有位阶。最初入班时，放弃本名，得到一个艺名。这是师傅给取的。过两年，有所谓"庆贺第三年"，师傅那天做红米饭，师兄弟一起吃。到了第七年，就是"更名"，获得满师的名。例如，若艺名是"里"，更名为"歌里"——像这样补充冠名"歌"或者"千代"等。然后又过一年，也就是跟师傅的第八年，可获"姐姐"的资格。再过三年，称为"年限已满"，这才成为独立的"姐姐"。在这个年岁上，若师傅已经老迈，也可接收其弟子。不过，正式"收弟子"，得之后再过三年才行。据说在江户时代，跟师第十五年，定为"中老"之位，但这个位阶在明治之后就没有了。

大致上，盲女们修行要经历这些阶段。而一年中，高田盲女艺人按照怎样的时间表出门旅行，从市川氏的记录中摘取概要，则是：

（一）正月传统活动多，六日是过年、七日是七草、十一日是开工仪式、十五日是开镜——吃供神年糕、二十日是弁天讲、二十九日是组合总会。因为盲女艺人将弁才天视为守护神，所以至正月的弁天讲为止都不卸下新年装饰，煮小豆饭上供。另外，组合总会是师傅们聚集在座元家里，主要目的是确定该年巡回地点、日期。弟子们整整一个月在家里，或练习三味线，或在市镇上上门卖艺。

（二）冬天的旅行。从二月三日至二月二十一日进行，可以说是农闲期的旅行。自直江津、柿崎等海岸地带开始。可能因为近海方面温暖吧。在各地有元庄屋以及富裕家庭作为盲女艺人的住处。

（三）回门。二月二十二日至二十八日，回家面见父母。没有父母者留下来练习技艺。

（四）春天的旅行。从三月三日至五月十二日为止，前往二月没能去的村子。

（五）妙音讲。五月十三日，在高田寺町有曹洞宗天林寺的弁财天前的歌奉纳。这是一年一度的节庆，有相应的装饰，也就是说，打扮后出门。去到本堂，和尚读出盲女艺人法规，之后有唱出美妙歌声的歌奉纳、招待酒饭。

（六）五月二十日至十二月二十七日止，巡回县内各地，甚至抵达信州，不时回家。以十二月二十七日为最终日子。这一天没归家要被罚款。

不妨认为，三百六十五天都满满排着旅行和节庆活动。

不清楚高田藩为什么给盲女颁发出行许可证、接受并保护座，也许是一种福利事业吧。也就是说，给予无依无靠的不幸女子集体旅行的权利，使之乞讨、自立。曲艺上佳的盲女们，成为山区百姓们唯一的娱乐方式，这一点也可能是这项制度的目的吧。总之，不断有人来投盲女艺人师傅，多时达到十七家，由此看来人数也相当多了。

每个地方都有天生的盲女，也有年幼时患病导致全盲的人。这些盲女们因为家贫，为家里减一张嘴而被扫地出门，无依无靠的黑暗人生中，把没有血缘关系的师傅称为"妈妈"，把师姐称为"姐姐"，努力练习技艺，这般情景置于白雪皑皑的越后，越发突显其悲剧性。而这样子跟了师傅的女孩子，会谨守师傅教诲、成长为出色的盲女艺人吗？据记录，其中也有许多例外，是因春情萌发，与男子发生关系、生下孩子，或者堕落为妓女的。

中途离开盲女艺人伙伴的盲女，难以计数。规章严厉，有人厌恶了修行并非不可思议。另外，据说还有人即使过了"更名"，接近"收弟子"年龄了，却在旅途中被萍水相逢的男子欺骗，为一夜欢愉所动，抛弃多年辛劳，丢下伙伴而去。

盲女艺人自身会惩罚违规者。也就是说，与男子发生关系者必须离队，无论在多么偏僻的旅途中都会被驱逐。

　　社会上称之为"失群盲女艺人""离队盲女艺人""落伍盲女艺人"等的，就是这种女子。一旦被伙伴们驱逐，也不允许借住各地好意提供的盲女艺人落脚处了，得窝在村边的地藏堂或者阿弥陀堂，踏上另一种孤独之旅。这个故事的主人公阿凛，也就是这样离开了伙伴的盲女艺人。有时候，她靠路上偶遇的孤儿或者男子引路，有时候没有引路人，独自走在北国一元。开场白拉长了。

　　换一章，回到阿凛的故事。

二

难以确定阿凛何年何月何日出生,以及出生在哪里。因为,她本人也不知道。

她只知道一点:明治二十九年(1896)三月,阿凛由一名男子牵着,从越中那边来高田的盲女艺人之家"里见",在这里跟师傅修行。后来,阿凛只从师傅里见昭代那里听说,带她来的男子姓"斋藤"。她连"斋藤"这个男子的姓也是头一次听说,连自己究竟是在何处遇上他的都不知道。另外,也没有人告诉阿凛,谁是她的妈妈爸爸。

只是,在她模糊的记忆中有一个印象:那个人也许是妈妈。那是阿凛两岁、眼睛还能看见时的事情。总之,那是一个宽阔的外廊。阿凛走到外廊边上,旁边伸来一只妈妈似的人的大手,搀着阿凛。据说阿凛从外廊看宽阔的庭园,园子里铺着白砂子,处处长着开红花的小草,草中间有闪闪发亮的东西。不过,虽说阿凛的眼睛能看,却不是健全的眼睛,已经害眼病了,所以,也许看作砂子的东西是白布、看作花儿的东西是和服花纹、闪亮的东西是别的什么吧。总之,据说阿凛是在宽阔的外廊和有园子的风景中,被一只大手抱着。这时候,阿凛眼前垂下一个轻飘飘的东西,突然蒙住了她的眼睛。那像是织入了金银线的、硬硬的袈裟的下摆,阿凛被布蒙住眼,看见对面白烟升起来。那时,传来了一个声音。

那声音从阿凛头顶降下来。那只大手突然离开了阿凛，阿凛孤单起来，哭了，她大声地哭泣——就这么点记忆。

正因为是长大以后的追忆，也许就有牵强、添补之处吧。三岁的春天起（这也是不确定的）全盲的阿凛，究竟在哪里看见了可形容为"织入了金银线的袈裟下摆"的织物呢？被说成是阿凛"口授"的文章里，也可视为笔录者擅自添加的。

不过，现在我手上的"口授"，正确无误地盖有"福井宪兵队司令部"的印章，是阿凛牵连其中的"岩渊一等兵逃走事件"的审判记录的"证言"，因此感觉应是靠谱的东西。它是陆军法官重视的、失明女子的"口授"。由暧昧模糊的起头说起，也只有相信。

两岁时被一只大手抱着坐着的外廊和庭园，对于阿凛而言，确信是某处的寺院。之所以阿凛常说"我妈是虔诚的人，我两岁时就带我上寺庙"，就是这个缘故。可那座寺庙在哪里、属何宗派、是何时的事，连阿凛自己也不知道。明明当事人并不清楚，却言之凿凿的事，真叫人无可奈何。

可是，即便是看得见的健康人，要是问他是否记得清孩提时的事情，大体都是忘掉了的，往往与阿凛一样记忆模糊。直截了当地说，我就是这样的，两岁时的记忆完全空白。虽说是若狭的父母生了我，可其实父母是在何时何地生我的，我不曾看见。我相信的事情，都是别人告诉我的，连看得见的我都这样子。既然三岁就全盲的阿凛说，那是自己两岁时的记忆，并至死都坚持这个说法：唯一一个眼睛看得见时的亲切记忆，是置身于寺院外廊的情景，那么不妨就认为是寺院吧。无他，因为除了阿凛之外，没有任何人看见过这番情景。

奇怪的是，世上眼睛看得见的人，若非添加"某年某月某日、在这里那里"这些扎实的记录、固有名词等，就不能奉之为事实。不知何故，要将没有证据的东西当成虚构。学者们研究旧东西时，若非发现某种证据，很难相信当时的"情景"。与此相同，眼睛看得见的人很难相信"情景"。然而，阿凛在失明中度过了整个生涯的九成九，在其三岁前、仅仅一分的看得见的生活中所见的情景，她是以骄傲的心情，在失明伙伴之中谈论的。母亲的大手和某处的寺院，这些似乎是阿凛很大的荣耀。

且相信有过这样的参拜寺院，但母亲的大手何时离开了阿凛，何时又遇上叫斋藤的男子，这些地方就不清楚了。总而言之，阿凛三岁就全盲了，前来高田的盲女艺人之家前，在一个叫"SAKAI"的地方。后来试想，应是越中和越后交界的海边村子"境"吧。

只能说，阿凛在这里的渔民家里，某日被姓斋藤的男子带来了高田。三岁至六岁的记忆中，清晰记得的，就是总能听见海浪的声音，和门外有"绞"的声音。海浪的声音，因为境村是渔村，听得见海浪声不奇怪；而所谓"绞"的声音，指的是渔船归来时，要拖上沙地而拉缆绳的绞盘作业。阿凛所在后门总有绞盘拉缆绳声音的家里，有哪些家人，这一点也不明了。也就是说，就连这一点也没有任何记忆。

"我去高田之前，待在SAKAI。那是在海边的房子，总是听见波浪声和'绞'的声音。"

——"口授"里面就这些，而且说不定是我想多了：阿凛该不是在境的无人之家，或者地藏堂、阿弥陀堂吧？

前面说过，若狭的小村曾来过一对盲女艺人母女，在母亲死后，那孩子足足住了两年，又不知所踪。也许像这样的一个无家女子，带了孩子来，在那里生活之时，由一个男子带走了。这完全是我的空想，而失明女子的回忆，往往是与事实情景不相关的心象风景，也是平常人达不到之处吧。

为了写这个故事，我去了一趟说是阿凛长到六岁的"境"。那里现在已没有从前的模样，铁道边上的大城镇，工厂、官署都是钢筋混凝土建筑。从镇子走到沙地狭小的海滨，老人告知我：从前这附近排列着"绞"，有十多间船屋。按照老人所说，从镇边上往北走，来到波浪涌至脚下的岩场，往右边一看，一尊地藏菩萨像吸引了我的目光。

身高约三尺的旧地藏菩萨像，已经缺鼻子、缺耳朵，御影石的身子长着苔藓，像是结痂似的，斑驳的青白二色。仔细看时，这尊地藏菩萨一手拄杖，一手持饭团。我第一次见拿着饭团的地藏菩萨，仔细看看，或者那并不是饭团，而是"钵"之类的？但确实是饭团，证据就是地藏菩萨的衣裾上，雕有两名童子像。在我看来，两名腹饥童子张着嘴，等着地藏菩萨施与饭团。

这尊地藏菩萨与阿凛居住的家应无任何关系，但我忽然感觉触及了这一带村民往日的人情——或许，这地藏菩萨所在一带，有那么一间破堂，阿凛就在破堂里，由母亲或者充当母亲者抚养，听着波浪声和"绞"的声音？我试着寻找，但一无所获。与明治大正时期或昭和初期相比，约八十年后的今天，日本海边的变化非常明显，渔场没有了,"绞"也好、船屋也好,都已消失。为吸引设厂建起的人工堤坝,简直像一块打开的巨板,将海滨切开。

境的镇子,应是阿凛六岁时,被叫"斋藤"的男子带离之处,但她并没有前往高田途中的回忆。可能是坐火车,可能是坐人力车,可能是骑马,一切不明。总而言之,在昏暗中被男子领到盲女艺人之家。不知是在途中,抑或是在听得见"绞"的家,据说这男子说过:

"去了高田,会有跟你一样的失明姑娘作伴。去了那里修行,你可以成为出色的盲女艺人。你是盲人,盲人要想独自生活,只能做按摩或者妓女。但如果做盲女艺人,就有妈妈好生照料你。可以学唱歌、弹三味线,开开心心。阿凛,你嗓子好。你肯定会唱得很出色,成为越后首屈一指的盲女艺人。"

那名男子是从何处听说那样的盲女艺人之家呢?总而言之,昏暗中听见的声音,像是安慰,像是命令,冷冷的,叫人害怕。阿凛遵从了这个声音。

"里见"在高田城附近。详细说的话,是现今寺町的一角,与职人町交界处。这一带自古以来就多盲女艺人之家,如前述由于藩主大人的保护,盲女们在这一带建立了"座"(艺班)。然而,在阿凛拜师的明治二十九年(1896),这些盲女之家早就消亡了,只剩下"里见""杉本"等三家。"里见"的师傅手下只有三名盲女,可谓经营惨淡。

因高田是雪深之地,寺町一带,现今还有比屋檐突出约三米半的杉皮屋顶,其下是通往马路的人行道。即深房檐,预防屋顶滑下来的雪。"里见"是有这种深房檐的平房，正面宽约五米半，细长通往屋里面。

　　进了门口，水泥地宽约八张席子，左手的更衣室有六张席子大，接下来的房间四张半席子，再往里是六张席子房，在它前头是变形的铺地板房间，约三张席子。板条走廊低一级延伸，通往水泥地厨房。北面角落是自流井，在它旁边，略为晦暗的屋顶下有四眼灶、洗物处、洗衣处。在这样的房间布局之下，居住着师傅里见昭代，姐姐继子、苗子和刚完成"更名"的兼子，四人都是全盲。寺町经营土杂货店的女儿康子十七岁，患眼疾半失明，是引路人。不出门的日子里，康子在厨房勤快地干活。阿凛六岁，投靠在这些前辈手下。

　　妈妈人胖，说话大声，我鞠躬说请多关照，她过来摸我的头发，叫姐姐们来拉手，说路上下雪，辛苦了。康子为我煎年糕，年糕热乎乎的，我好开心！真是恍如昨日。从第二天起，我跟姐姐们学习各种事情。早上五点钟起来，饭前要做完扫除，用手把房间四角的垃圾扫到土间，擦拭清洁用的抹布。这项扫除完了之后，妈妈让我们排列在佛坛前，点灯，燃香，敲钲，诵经。我们念："末代在家之众生，宜专诚向佛，勿心恋尘世。一心一意求佛者，虽居于乡间亦必获阿弥陀如来拯救。此乃大众念佛往生之愿也。如此这般洁净之上，无论醒觉睡眠，一息尚存须唱名念佛。诚惶诚恐诚惶诚恐。"这样的经文，记得大约一年里，我就整个背下来了。

　　阿凛是这样记忆六岁入艺班时的情形的。大雪天赶来，一定很冷吧。姓斋藤的男子，交出了阿凛，是马上离去呢，还是住上了一个晚上后，才回到"境"呢？这一点也不清楚。

规矩严格的盲女艺人生活等待着阿凛，她早上五点钟起床，擦拭清洁，和大家一起诵经——这些都是全盲的人在黑暗中进行的，所以是无法想象的世界。阿凛说妈妈胖，但不是她看见的。她明白的，是声音大和身子胖乎乎的感觉，以及不时抚摸她的大手掌的温暖。若没有半失明的康子姑娘，这个家就是五个全盲人在一起，生活很不方便吧。可是，这是我们看得见的人的想法，她们本人似乎并不太辛苦。

后来，我因为要写这个故事，也曾拜访过"杉本"家——今天残存于高田的唯一盲女艺人之家。这一家也是有深房檐的旧房子，不同的只是有二楼，看其房内情形，足以想象"里见"。自流井、洗物处、灶头均在北面角落，楼下中间的房里，放有三个衣橱，上面摆放着杉坪药师、日光寺的护身符，以及信浓国别所北向山除厄观音的护身符，水罐和灯台都有。衣橱的拉手绑了有颜色的绳，旁边悬挂着富山的药袋，还有电灯。

我来到土间，杉本女士的弟子便在入口处三指触地、郑重地礼迎。我和三位盲女艺人围着暖炉聊旧时的事，三人都穿戴整齐。因是冬天，感觉她们穿得有点鼓鼓的，还再套了一件夹棉和服外衣。像约好了似的，她们都在后颈处垫了手巾，不让头屑沾上，挺有趣的。三人梳理好的头发都插了簪子。火盆燃着炭，火撑子上铁壶的水烧开了。房间收拾整齐，没有一点垃圾，比明眼人的家还要清爽。为我沏茶的人也是全盲的。她们站起来去某个地方时，都是脚擦地面轻走，无需用手触摸柱子或者墙壁，慢慢走。煮食、刀工、手压泵打水，也全是她们干。她们穿针引线给我看，令人目瞪口呆。失明人不借助他人之手，六十年生活过来的智慧和能力充分体现其中，记得我是由衷佩服。

"里见"恐怕也是这样的盲女聚集处，但是，阿凛在时的"里见"，两个姐姐品行不端，昭代妈妈担心得夜里睡不着。阿凛的"口授"传达了这个信息。

兼子姐姐每夜外出，大门口一有木屐声，她便出门而去。男子来唤她，又送她回来——仿佛走了约两个小时渠旁、山路回来似的。大门口又"吧嗒"一下木屐声，门开了，是兼子。妈妈像是守候已久，从入口处揪着兼子的头发，拖至水泥地处责打，高声哭骂："你这骚货要骗我啊！我今天就赶你走！"可兼子一声不吭，只是沉默。她是个顽固的人。兼子瘦，力气不如胖妈妈。然而，在中间房子听见动静的苗子也好，继子也好，都不作声，不去劝止。我还小，抱着苗子的膝头发抖。但不论多生气，妈妈都没有赶走兼子。兼子也没有离开，待在家里。这个兼子的不检点传染了继子，是在我七岁那时。职人町任左官屋的孙次先生，在继子上门卖艺时，让她留下，叫了饭菜让她带回来。所以继子开口闭口"孙次、孙次"的，一有空就往职人町跑，得些东西回来。她肚子大起来，是在夏天过去的时候。事情败露，妈妈又责打继子。继子也像兼子那样，死不吭声，也不违抗。临盆稍前，她捧着大肚子走了，下落不明。后来听说，她和孙次先生一起离家出走，到信浓的温泉町，建立了家庭。约两年后有人看见仅孙次先生返回职人町，妈妈前去打听，据说孙次先生说"继子在那边做按摩，过得很开心"。这也是后来的事了，我和妈妈巡回卖艺途中，来到信州的户仓。当时因听说当地温泉町有个叫继子的按摩师，便一心想见一面，叫来一看，却是另一个人，不是我们要找的。我们连叫什么温泉町都不知道，随便听人说，不可能见到她。

在这里，阿凛已经见识了一个被抛弃的、不幸的盲女艺人了。盲女艺人是女性，年岁既长，有性的觉醒，自然产生恋慕男子之心。兼子也好，继子也好，不妨视为即便成为了"姐姐"，在规矩严格的家里，也有性压抑的烦恼，最终在上门卖艺的途中，被主动搭讪的男人们玩弄了。

何时起产生盲女艺人要终生独身的规矩，现在不得其详。但原因之一，也许是因其失明，判断其不能过常人的婚姻生活吧。另外，又因是集体生活，也为了防止女性独特的嫉妒引起纷争吧。无论哪一点，既是一年里大半在路上的巡回艺人，途中难免接触男子。虽说是失明人，也会有建立常人般幸福家庭的梦想。不知何故，师傅不允许有这种常人的梦想。

昭代责打兼子，说要赶走她，是在第二年座的聚会上，向座元申请，把某人除名。被除名的话，师傅可不再照管该盲女。不难想象，被放逐到艰辛时世的严惩，对盲女们而言是多么残酷的事！阿凛进入"里见"的两年里，岂料竟见到师姐们因结识男人被骂、最终继子姐姐被逐出门，流落到信州的温泉疗养地。这时候，职人町的孙次似乎帮过她，但这个孙次不知何时独自回来了。由此看来，继子或许被卖为温泉疗养地的按摩女郎了。男人们买卖盲女是到处有的，是这个国家的国情，现今和从前一样。

曲艺方面，先是学习三味线的弹法。我坐在妈妈面前，妈妈从后抓起我的双手，说"这是一线、这是二线、这是三线"，按顺序教我不同音的线。拨子的用法、音的合法，都要学习。最初的三味线长曲是《山椒大夫》。是这样说的：

> 安寿姑娘与厨子王
> 为着分船而伤感
> 佐渡和丹后的人贩子
> 急急驾船远离岸
> 一旦来到了湖心处
> 佐渡的二郎开了腔
> 哎哎宫崎　再撑船也没个完
> 好歹分道扬镳吧
> 宫崎听闻表赞同
> 二郎所言甚是
> 这就分手吧
> 系船缆绳一解开
> 全力撑船各自行
> 夫人见状吃一惊
> 船长大人这如何是好
> 那姐弟所乘之船
> 与我等所乘此船

是前往同一港口
为何各行其道
那只船走这边
这只船驶往那边
船长大人最终
可能抵达同一个港口吗
佐渡的二郎闻言道
好糊涂呵　你等一无所知吗
刚刚返回直江的山冈大夫　你以为
是有情义之人吗　他可是大名鼎鼎的人贩子
你两个糊涂虫　被我佐渡的二郎买了来
带往佐渡岛　那边两个小鬼
则是丹后的宫崎买得　带往丹后国去
去丹后国的船　怎和去佐渡岛的船儿同路呢
夫人更加吃惊
阿竹乳母呵　这如何是好
刚刚返回直江的
山冈大夫此人
我以为是情义之人
竟是拐卖人口
你我要被卖往佐渡岛
那两姐弟却要卖往丹后国
言毕伤心欲绝
声泪俱下　当场哭得死去活来
最终夫人抬起泪眼

船长大人　这如何是好
我等遭人买卖
无奈乃前世恶因所定
唯与那姐弟在此一别
不知何时方得重逢
只求您看在这分上
允我们母子为生生的分离道个别吧
夫人抱腿苦哀求
佐渡的二郎闻此说
老糊涂呵　你既说遭人买卖
无奈乃前世恶因所定　但与那二小鬼
在此一别不知何时方得重逢
只求我看在这份上　允你母子为生生的分离道别
既是这么点工夫就应承吧
待在那边别哭泣　二郎卫门站在船边
哎哎宫崎
唤回了那条船
宫崎被唤回
将船靠近并一处
二郎所说也是　我等这年头
从未见过母子依依不舍　作生生分离道别的
且见识见识吧
无情无义的船长
高高盘腿坐船尾

阿凛从七岁前后起，就被"里见"的妈妈灌输了这个讲经曲《山椒大夫》的故事。长长的说辞还有成倍，但阿凛约三个月就会背了。之后，她还学习了古谣曲，依顺序是《葛叶别子》《菜店阿七》《山中团九郎》《遗憾之情》《江差追分调》《松前追分调》《越后追分调》，等等。演唱时都有三味线弹奏过门儿。

像"境"的男子所说，阿凛嗓子好。"里见"的昭代也夸她"阿凛声音可爱"。然而对阿凛而言，《山椒大夫》也好，《葛叶别子》也好，《菜店阿七》也好，纵然知道是母子的凄惨故事，却体会不深。明白这些，是她长大之后了。说辞如同诵经一样，从"里见"妈妈之口，如数珠般连绵而出，留在阿凛耳朵里、脑子里，不求甚解地背诵下来而已。唱至佐渡的二郎将安寿、厨子王从母亲和乳母的船上拉开、从此生离死别一节，自己失明的眼窝里也为之流下同情之泪，是很久之后的事了。

头一次外出巡回卖艺，是阿凛八岁的冬天。阿凛穿上缝了破布加厚的袜子，再穿上草鞋出门。从高田的镇子，走山路去直江津，天已经黑下来。结冻的路把脚冻僵了，阿凛哭了起来。于是，昭代说：

"出门时穿袜子不行呀。像我这样，一开头就赤脚走，在结冻的路上也会暖和起来的。"

当天夜里，妈妈在盲女艺人住处给阿凛搓了冻伤的脚，但阿凛独自躺在被窝里，脚尖疼得不能入眠，哭了起来。到了第二天，昭代给她的光脚穿上草鞋。没袜子的脚伸出时冻得很痛，但约一个小时后，脚就热乎起来了，比穿袜子时好走路。真是不可思议。阿凛由此经历，寒冬里一次也没穿袜子。

一抵达盲女艺人住处，这家人就围上她问："你几岁呀？""好可怜的小姑娘！"是怜惜阿凛小小年纪吧。落脚的人家友好相待，她们泡了澡、喝了热汤。阿凛好奇怪：盲女艺人住处的人家为何要热情接待"里见"的一行人呢？

继子不在了的"里见"，出门巡回卖艺的仅四人，康子负责引路。阿凛一年里巡回的路径，以高田为中心，大致是以下路线：

（甲）四月，从系鱼川过上刈、根小屋、户土，翻越小谷山口，到下里濑、四家的白马麓为止。

（乙）五月，从浜木浦前往猿仓、音坂、土仓、笹仓，至烧山下。

（丙）六月，从桑取川到中桑取、大渊、西谷内、横畑。

（丁）七月，从新井，到吉木、米增、福王寺、增根田、别所，由筒方翻越关田山口至饭山。

（庚）八月、九月，从直江津过东中岛、直砂、驹林、锦、井之口、池田、小川、岩神、高微，过菱岳山麓至菖蒲、樽田。

（辛）十月，从雾岳过大岛、室野、洞泉寺，到达十日町。

盲女艺人以中颈城郡、西颈城郡两郡为中心，走遍了各处山间，没有细算落脚的盲女艺人投宿处，但超过一百二十处。

三

阿凛十二岁那年，到了"更名"。师傅昭代为之取名"千代凛"。之后过了一年，成为"姐姐"。然而，因为没有师妹，没人喊她"姐姐"。十六岁那年"满年限"，在这个冬天里来了师妹富枝。

富枝来自出云崎的渔民之家，事前打过招呼。她由一个体格魁梧的五旬男子领来。富枝个子高，人消瘦，说是十五岁。她两岁时失明，在出云崎北面的和岛的身边，但这一年冬天，父母遭遇海上风暴身亡。于是家庭离散，她被寄放在叔父家，但叔父家中有个患肺病的女儿，不好再添麻烦，经人介绍，请"里见"接受。总的来说，高田的盲女艺人，既有巡回县内时遇上的、孩子天生失明的穷困人家，也有给各处打招呼"来入班吧"的。还有拜托盲女艺人投宿处的。

就阿凛而言，也是有来路的，"境"的男子斋藤听说了"里见"的情况吧。成为盲女艺人的女性，多是年幼时失明。之所以越后盲人尤其多，可能是此地的地方病吧。这里与其他地方不同的是多雪。在积雪最高可达六米的山区，即便患了例如麻疹、天花，轻易也请不到医生。人小时候会有各种病，运气坏的孩子被炉火熏着了眼睛、因雪晃眼的反射而视线模糊，也得不到治疗。因应对太迟导致失明的事，也有的吧。另外，孩子多的贫困家庭，也会有营养不良导致的眼疾。

对于贫困家庭，养育失明的孩子是很大的包袱。是健康人的话，都得出门打工、做学徒。有了麻烦的盲女，按惯例送到高田或长冈的盲女艺人之家做弟子，也不奇怪。但是，这样的习惯，从明治中期之后起，逐渐淡薄了，转而走父母辛苦也在家养育或送入福利机构的路子。曾经为数不少的盲女艺人之家也走向消亡了。在那样的年代里，在阿凛之后来的富枝，其家庭情况也大体可想而知。因阿凛已是"姐姐"，所以虽与富枝仅差一岁，却可以代替师傅教授全部三味线、唱曲、长篇叙事歌。只有二人相对时，阿凛有时会打听："你几岁瞎的？你还记得出云崎的爸爸妈妈吗？"于是，富枝便用与其年龄不相仿的沙哑声音说：

"爸爸也好，妈妈也好，我都记不清了。我生下来不久就得了病。"

不过，这是后来的事了，她说：好像是母亲背着自己，去参拜了杉坪的药师如来佛。

"你去参拜了杉坪的药师如来佛啊？"

"我记不清了。可即便拜了药师如来，我的眼睛也没好起来嘛。"

杉坪的药师如来在东颈城，从直江津出黑井，往通向松代的路走约五里即是槙山，在其左手。阿凛跟昭代巡回时，到过这里，所以虽非她亲眼所见，却知道有一座大药师堂在高山顶上的杉林中。这里很早就叫作"杉坪日光寺"，是附近患眼疾之人参拜的寺院。对于盲女艺人而言，这药师是作为自己守护神的佛，每次巡回线路都有东颈城，师傅也必顺路去参拜，祈求眼疾哪怕好一点。

阿凛试着想象富枝由像是母亲的人背着、出生不久即上这杉坪山闭居祈祷,于是她突然想到,自己也在年幼时,和像是母亲的人在宽阔的外廊看白白的庭园的情景。她心想,说不定那时候,像是母亲的人是在附近某处药师寺为我闭居祈祷?

"关于你妈妈,你只记得这么点吗?"

"不知道长相和样子,也没看见过。"

富枝说道。

没见过的父母,不久前还活着,从事驾船打鱼的工作,但某日遇难回不来了。没见过的父母在海上一去不复返,这悲哀是在黑暗中发生的,所以阿凛似乎明白。她自己没有被父母抱着入睡的回忆,可富枝有。正因为如此,阿凛觉得富枝可怜,说道:

"大海好可怕。"

阿凛有了富枝师妹,虽说厨房活儿、用抹布清洁仍要和姐姐们一起干,但不必再因为是最低层的人而蹑手蹑脚的了。她说:"好在你来了,我就轻松啦。你要努力修行,成为一个出色的盲女艺人……"

阿凛的初潮是在十七岁的冬天,二月份。她记得,那天她们身在白马山麓的下里濑盲女艺人住处,是殿冈伊右卫门家。

来月经的日子,我就成为女人了。从系鱼川往山里走七里,抵达下里濑的殿冈先生家时,已是日暮时分。那里的大姐姐大声嚷嚷:"你怎么啦?雪地上滴着血哩。可怜的千代凛姑娘来月经了吧?"妈妈头一次对我解释了,她告诉我:阿凛,你从今天起,成为大人了。女人一成大人,每个月阴部要排出叫月经的血块。这不是弄伤了,也不是有伤在身,是你成了能生孩子的女人的证明。那天从早上就走雪道,那些东西流到了腿上,我强忍着不舒服的感觉。嗯,阿凛长大成人啦。今晚煮红米饭庆贺!我默默缩在房间一角,听见伊右卫门家老爷这样说。

对于初潮的记忆,阿凛如此描述。"长大成人"一词,用的是越后的方言吧。"默默缩在"的说法,可以想象,恐怕是阿凛害怕大腿间涌出的热血,少女蜷缩起来,忍受着很不舒服的感觉。第二天离开伊右卫门家投宿处,前往下一站的四家的雪道上,据说昭代这样说:

"阿凛,来月经这件事,也是一个警告:男人要盯上你了。你也看到姐姐们的行为了,大致明白的吧。女人一成为大人,男人就凑上来。在明眼人的世界、失明人的世界,都是一样的。生为女人的话,谁都得接受这宿业。月经在第二十八天来。从第一天数起,每二十八天、二十八天地来,也有停一个月的,但一年必来十三次月经。这每月要来的月经,是身子能生孩子的证明。跟男人睡觉的话,会怀上孩子。你七岁时,继子和孙次先生私奔去信浓的温泉町。你好好回想一下?继子怀上了孙次先生的孩子。你也到了这种年龄了。可是,你是出色的盲女艺人姐姐。既然是出色的盲女艺人,跟男人睡了,就要被开除。座元大人指示,如果有了男人,必须开除出班。你明白吗?阿凛,好不容易修行到今天,成为了出色的姐姐，往后再三年，也可以收弟子了，这样的好事，可别因为男人化为泡影啊。你好好想一想吧。谨守身子呀，你明白吗，阿凛？"

阿凛不明白人家说什么，只知道一句：有了月经，男人就凑上来。这话听来很突兀，也不明白是什么意思。

可是，有了这次月经之后，阿凛不久变嗓了。唱起歌来，原先她独特的、人称"可爱"的尖细声，多少变粗了。而且变嗓之后，两边乳房比以前隆起、结实，臀部也多肉了，体重也增长了近十斤。虽然眼睛看不见，但每次泡澡都明白两乳在增大，隆起像一个深底碗倒扣过来，可以搁小浴巾了。在盲女艺人住处投宿，男人们围在身边谈笑风生。举手投足也直觉男人目光聚焦的动静，而没法对师傅说的是，阿凛感觉害羞、身子发热。

四

　　阿凛从十八岁左右起，眼睛虽看不见，却感觉世间仿佛变了。

　　要说世间变了，对于阿凛而言，虽"里见"家中也有变，而一年里占了九成的出门巡回期间，在盲女艺人住处与当地人相遇，这方面变化也许更大。正如她的乳房隆起、男人们围上来、她感觉身子发热一样，她心里也激动、兴奋了。

　　可以说，这是大姑娘的心，被他人引发了与迄今不同的反应、想法。阿凛之前是个内向、不多事的人，低调地巡回演出，但来了比她小的富枝，又迎来初潮，她变得多少会说话、开朗了。即便到了盲女艺人住处，有时小伙子们请求唱地方曲子，她也开腔了。

　　在盲女艺人住处，因为是一年一度的盲女艺人来到，也因为事前有通知，当天聚集来全村感兴趣的人。他们请"里见"一行人坐在里间，自己在铺席客厅的下首盘腿坐——人多时有约二十人，先听盲女艺人的代表曲目《葛叶别子》《菜店阿七》《山椒大夫》等等，有时要听《松前追分调》《江差追分调》等，喝自带的浊米酒。醉了就拍着手打拍子，让三味线伴奏，自己高歌一曲柏崎流行的《野良三界》《岩室甚句民谣》之类。这是冬天深夜。在甚少娱乐的乡村，盲女艺人投宿的一夜，人们都很期待。

有时候，有老人爱听盲女艺人讲述所走过的村镇的变化，这就跟年轻人冲突了。小伙子们突然大声喊叫："可爱的盲女艺人，请你唱一首田边都能听见的曲子！"

若在平时，阿凛会顾虑上座的昭代、继子、兼子，即便想放声唱，也会胆怯、不吭声，但从十八岁的春天起，她就来助一把兴：

"行啊，那我就来一曲吧。"

她手持三味线，不知分寸地出到师傅前面，弹唱起来：

> 娘送我来、弥彦的茶点铺哟
> 天无下雨衣袖湿
> 娘送我来、弥彦的茶点铺哟
> 草帽在手挥泪别
> 心想着九月、这七八月哟
> 抓住掷到山谷底
> 山高越后看不见哟
> 想念越后恨山高
> 想见想会想插翅飞哟
> 百里犹如扇上画
> 不要哭呀、今天分别哟
> 是好孩子终会再相逢
> 拉磨累死怎么办哟
> 把石磨立在墓后面
> 别哭呀、一直哭不停的话
> 娘也要伤心落泪了……

这曲子是巡回到角田村时，在作右卫门家的盲女艺人落脚处，正好卖解毒药的女儿们回家，教给了阿凛。阿凛很喜欢这首曲子，听一次就记住了。小伙子们再次鼓掌要求时，阿凛唱了：

  手拿小伞、别了诸位
  船儿摇摇、此去前方
  黄花灿灿的佐渡岛
  船上船夫和燕子
  总是春去秋归来

这是跟师傅学的《越后追分调》。大醉的年轻人喊："请来一首茨城民谣！"阿凛也接了一两杯酒，摸索着弹起三味线：

  任你金子堆如山
  我贞不能任摆布
  女人贞操一辈子
  黄金天下到处游

  你呀，我是原上一棵松呵
  周围无树唯有松
  你是棠棣水性花
  哪家结果无人知

盲人阿凛几杯下肚,用她比少女时略微感性的粗嗓,调子高处带一点花腔。正因为她看不见,歌词让年轻人开心。中途也会安静下来,阿凛酒劲上脸,利索地站起来,为年轻人唱了《相川音头》,独自在客厅里起舞。长过冻疮的手腕、脚背,成人后丰满起来,颇具魅力。下摆里子翻起时,露出雪白的脚踝。

阿凛这般美艳,让看得见的男人们屏息仰视。但是,以昭代为首的盲女艺人们并不知晓。不过,以盲人独特的直觉,能想象出阿凛美貌出众、身材诱人吧。在阿凛放声高歌、大出风头之夜的翌日,师傅昭代早上刚出门上路,就不高兴地对阿凛说:

"阿凛,我觉得你对这些男人太热乎了。盲女艺人对小伙子得小心,小伙子要偷你的身子呢。你太热乎了,他们就会围上你,像苍蝇黏上鱼一样。"

这似乎是昭代尽量严厉的警告了。六十二岁的昭代,已然失去当日的气势。那时候,她守候夜里跟男人去玩乐的"姐姐",狠揪其头发。但是,她费心思换了个说法,把严厉的话说得亲切,这是昭代的毛病。阿凛是深知师傅性格的,也明白在叮嘱什么,但她心里头却判断"师傅是个寂寞的人"。

为什么觉得师傅"寂寞"呢?也就可以说,阿凛此时萌发了这样的抵触心理。昭代不可能不明白。师傅有过说服不了继子、兼子的经验,对于一下子变得有女人味儿、性格也开朗了的阿凛,敏感地洞悉了她的一举一动,一再告诫:"别成为姐姐们那样的盲女艺人!你有收弟子的技艺,所以别弄出座元憎恶的麻烦事。"但是,在阿凛而言,这些没有体现为妈妈的爱,而呈现为对迸发的自由感的压抑——师傅有点儿扭曲地看自己。她认准了,自己并不是轻易就向男人出卖贞操的、品行不端的人。即便在投宿处欢闹,却有自信坚守底线,而自己也与姐姐或富枝不同,性格开朗。

然而,不管怎么认准了,阿凛毕竟是二十不到的失明女子。即便机灵得像个大人,对于眼睛看得见、能干活儿的男人而言,不过是一根指头就能搞定的弱女子。本人不曾料想的、与萍水相逢之人轻易躺到床上的事,就在十月二日,板仓村的藤井五作盲女艺人住处发生了。其时她们在高田寺町的天林寺拜过妙音天,过了夏季,正急急巡回于中颈城郡下。

当晚聚集的人只有七个,有两个是要外出造酒的年轻人。唱完《菜店阿七》时,他们带着酒气来到客厅。因说话声大,老人提出了忠告,二人老实了,一本正经地听盲女艺人们说唱。

阿凛唱了老人点的《越后追分调》,这两个人鼓掌,说起应酬话,并没有太醉的样子。其中一个年轻人叫助太郎。

聊得起劲,说起第二天要去伏见五乡造酒。昭代说:

"辛苦啦。要出大力造酒,到春天才回来呢。"

阿凛头一次听说造酒的杜氏,就笑说:

"妈妈,杜氏要去伏见造酒吗?我还以为是在村里造酒哩。"

助太郎用携带的二合小酒壶往酒杯里倒酒,递过来:

"艺人姐姐,请喝酒。"

因为师傅和姐姐们都不喝酒,阿凛接过来喝了。只是两三杯而已,可就在那天晚上,阿凛眼冒金星、脸红耳赤。

到了入浴的时间,阿凛和富枝二人去为师傅准备毛巾、肥皂、更换衣服等。她感觉脚下晃荡。好在师傅、姐姐们也看不见她的样子。阿凛去旁边房间的途中,伸出手想搭在富枝肩头,可在旁的不是富枝,是个男子。

"怎么啦?"

那男子握住阿凛的手。是助太郎。

"你醉了吗?走了远路,疲劳跑出来了吧。坐下吧。"

助太郎牵着她,想让她坐下。富枝先走了。阿凛由那男子扶着,一屁股坐下。耳旁有温热的气息。

"我是这家人的亲戚,今晚住在这里。你等我吧,我晚上晚些时候爬过去。好吗?"

他附耳小声说。阿凛吓呆了。她木木的,不知人家说了什么。男子快快起来,消失在土间那边。屋主家人都退到了主屋。

阿凛模模糊糊知道那男子说的是什么意思。事后她要摇头拒绝的,但轮到她洗澡了,她扶着柱子走去土间时,感觉那男子在黑暗中窥看。

这个家庭里有女杂工。女杂工在灶口说:"艺人姐,你慢慢洗吧。"

阿凛道了谢,在更衣处脱掉了衣服。她打开门,摸索着进了浴缸,这时候也感觉那助太郎躲在某处窥看。

但是,浸泡在热水里,上了酒劲的脑袋让身子晃悠悠飘荡,很舒服。阿凛闭上眼睛,仿佛全身的感觉已从手指尖、脚趾尖滑走,好舒服。她感觉到隆起的胸部下方,心脏在怦怦跳。

就寝分两处。里头的六席间是师傅和两个姐姐睡,外面的六席间是阿凛和富枝睡。这是盲女艺人投宿处的一般格局。

在阿凛等的房间里,整齐摆着明天换穿的草鞋、师傅等的行李,领受的大米、小豆、大豆等物装进袋子,放在一角。这些东西的下首,有主人家摆放的被褥,阿凛钻进被窝躺下。

助太郎钻进来,是在深夜里。阿凛已睡熟,在睡意蒙眬中感觉到了。她感到风大起来,身上有重压。一只男人的手扒开下摆,她要喊,但被一张带牙垢味儿、有胡须的嘴巴堵住了。

阿凛半是恐惧半是羞耻,只是憋住气,悄悄挣扎。男人温暖的身子随即紧贴她汗津津的腹部,她耳畔传来激烈的喘息。阿凛感到那男子暖热的肌肤唤醒了她沉睡的皮下血液。反剪的手此时只有一只从耳后移到颈脖,被抱着的身子发软。

阿凛没有出声,她在意一旁的富枝。但出声的话,师傅和姐姐们都会醒来。助太郎凑到耳旁问:

"头一次做这个?"

阿凛点点头。从腹部涌向胸口的血在沸腾,一阵晕眩。她明白变得很湿润了,跟男人睡觉,竟是这样温暖吗?

助太郎很快就完事了。阿凛想象过姐姐们说的闺房之事,心想原来是这样。不久助太郎在黑暗中爬开,走掉了。随即她感到剧痛起来。但是,这痛楚不久就变成舒服了。

不知一个眼睛看得见的男子长啥样,以怎样的动作摆弄她湿润的身子,阿凛不可能看到。她只是待在黑暗中,心里

头说不上是快乐还是不安,到早上也没入睡。对成了女人的、初夜的回忆,阿凛这样说:

就这样,我睡觉的时候,根本没想到有人会爬进来。我旁边睡着富枝,很放心。可是,下首房间拉门开了,我被窝里进来了助太郎。我知道是助太郎时,他好麻利,扭过我的身子,堵着我嘴说:你是头一次吗?我挺不情愿的。不过我也没想甩开他。想尝试一回那种事,想被男人拥抱,这种事但凡女孩子——不论眼睛好的还是瞎的,平日里都想的嘛。我从没觉得自己是师傅说的那种坏女人。

阿凛幼稚地想:这件事是在黑暗中悄悄进行的,所以谁也不知道,只要自己不说就行。但是,这件事情从正常人吹牛皮的闲话里,被座元所知,在昭代还不知道的时候,其他盲女艺人之间已经传开了。

板仓藤井伍作的家,在这一带也算村长级的人家,是分为主屋、独屋、下人房间、盲女艺人住处、客房的一处豪宅。不仅"里见"来巡回卖艺。其他盲女艺人也来。时值十月初。为着新收成的大米,其他盲女艺人也来了。板仓的投宿处,从五日前后起至十二日前后,是盲女艺人前后脚到来的日子。

"里见"的阿凛等人出发的后天,长冈盲女艺人须崎元领着两名弟子,来到了这里。当晚,小伙子们来了。其中一人自夸道:助太郎前天晚上睡了高田盲女艺人。

"高田的里见,还把跟男人睡的弟子当宝贝呢。"

长冈的师傅嘿嘿笑着,话中有话。

小伙子们并不知道，坏了规矩的失明女子，会面临何种处置。

第二年五月十三日，长冈有十多名盲女艺人来天林寺拜妙音天。昭代听说了一件事情，是在藤本日海住持做完本尊回向之后。长冈的盲女艺人对"杉本"的勤子说了，勤子在外廊叫住了里见的昭代。

"昭代师傅，你们阿凛有男人了啊。长冈盲女艺人说，在板仓的伍作家出事了。"

这番耳语击垮了昭代。这可不得了，就是说她们给其他盲女艺人伙伴丢脸了。

昭代退回来，蹭着地板跑回弟子们所在的前厅。

"阿凛，你回家去。我稍后再跟你说，你赶快回家！"

昭代猛推阿凛，说道。阿凛吃了一惊。富枝在一旁。正发愣时，昭代大吼："回家去！"

住持在本堂开始读盲女艺人法规。阿凛颤抖起来。昭代说道：

"你在板仓做了羞耻的事，我得被座元斥责了。你竟然隐瞒我们，叫长冈抓到这样的丑事，我该怎么谢罪才行！这么重要的拜妙音天节！"

昭代蹲下，抽泣起来。

我心想，难道是真的？当时，我问师傅，长冈盲女艺人说什么了。她说助太郎的事情谁都知道了。啊，麻烦了，该怎么解释呢？我惊慌失措，怎么会成这样子？我急疯了，没了主意，只是发呆。"快回去，你快回去！"师傅带着绝望的哭腔说，"要是被座元知道了，要开除的呀。你今后可怎么糊口啊？阿凛，你怎么会做出轻浮之事呢？"昭代师傅哭了。我也伤心地哭了。我现在还记得此时本堂传来和尚念诵的盲女艺人法规，是一些无情的条文。

在拜妙音天时，盲女艺人们齐聚，听住持在戒坛前念如下的盲女艺人法规，内容不易明白。从阿凛的记忆里摘录，不明之处依旧。

谨惟：人皇第五十二代嵯峨天皇第四宫、相模公主，为盲女艺人之始祖。得蒙下贺茂大明神怜悯末世之盲人，赐贻于汝腹中，自胎内即目盲而降生。父王母后虽于神社佛阁祈祷，既是大愿所成就，终告无效。相模公主七岁时，梦见纪伊国那智山如意轮观音立于枕畔，曰："汝将往下贺茂大明神王家，为盲人之司。汝下民间，以诸艺为本度世。授汝相模神宫，代代相传。"据其意旨，即定派为妙观派、柏派、库尼科派、播野派、奥米诺派，五弟子据此为友，研习诸艺。既而梦醒，禀告父母，敬谢神命。即于摄家内选二弟子为妙观派、柏派，一条公主自播野国府选国司之子、下野城主。定派如下：以近江国城主公主为奥米诺派。五弟子结伴修行，分假名派、经文派，历十五年者号"中老"，有官禄。尤为要者，收弟子须为初学者，出外前不妨在家修行。但是，从中老至弟子均须出门修行，此乃嵯峨天皇、太上皇旨意。既为官家之盲女艺人，不入贫家。武士、农、商之家，须由其卖艺；寺社、修验道场，可由其出入。若有违规之徒，须削发夺杖，酌定其罪，流放于十里、二十里外。

在宣布开除之前，阿凛已经通过这部法规明白开除的渊源了。

五月十四日傍晚，我被开除出"里见"班，师傅对我说：不用再进行盲女艺人的修行了，找个好缘分，过好日子吧。你长相好、性格开朗，今后也有男人为一时快乐接近你吧。当中有人会转变心思，成为你的丈夫，与你结成永久夫妇吧。所以呢，不要有邪念，一路上保持比现在更纯朴的心。姐姐们、富枝送我到门口。我从寺町过职人町，远远走开。我背的行李是油纸包裹的包袱，上加一张席子，盖着蓑笠。包袱里有师傅给的木棉夹衣一件、同样布料的和服外褂、白色单层和服、和服衬衣、缠腰布、发钳、饭碗一个、茶杯一个。从这一天起，我就靠着一根竹杖前往信浓，踏上失群盲女艺人之路。

阿凛之所以从高田出新井，前往信浓，一是暂且不想遇上认识的盲女艺人，二是信浓一直以来有善待越后盲女艺人的村子。盘算是如可投宿这些村子的无人堂、上门卖艺，则可糊口了。被开除后，阿凛独自上路的记录长达九年，"口授"里只出现了如下的村名：

大正二年　新潟县东颈城郡桥本大鹿、上樽、泷胁，其中在证念寺半年，在道因寺一个月。

大正三年　长野县上水内郡丰野町、吉田、中野、金井、七濑、柳泽、田上、饭山町、大池，其中在善念寺四个月，在祥福寺一个月，在笠原药师堂四十天。

大正四年　下高井郡中野町欢善寺、间山、三和、樱泽、小布施町、高畑、须坂町，其中在高畑地藏堂四十日，在井上药师堂五个月，在高梨念佛寺二十三日。

大正五年　丰野町、牟礼村、田子、上野、德间、汤谷、长野市。其中在善光寺半年，在坂中山口地藏堂四十日。

我觉得独自上路很轻松。如果有伙伴，也就是有规矩、有师傅和姐姐，那么即使投宿无人堂，小弟子要忙于跑腿。自己一个人就很随意，只要不生病，每天很轻松。不论到哪里，看见是失群盲女艺人，也有好心肠的人，让我弹琴、唱节目。我唱完后，多少给点钱。冬季住廉价小店，不花钱。"夜潜"的男人一再有，我没有躲开这样的男人。因我是盲女，即便要拒绝，马上就被男人大力制服，只能顺其意。对方提出睡的话，要是委身于他不抗拒，也有人给点钱。另外，我也没有忘记跟板仓的助太郎睡的晚上的温暖，一个人睡的寂寞之夜，我就去上门卖艺，遇上来撩拨的男子，因我是落脚某处地藏堂，也有请他过来亲热的。男人多是小伙，但其中也有用手去一摸，知道是秃了头的老爷爷、脸上皱巴巴的，那晚上吓死了。跟明眼人的世界不同，悲哀的不是费事，而是谈不上喜欢。只是，独自睡、身子冻僵的话，恐怕天没亮就死掉了。我这身子，即便是老人家来玩弄，能让我暖和就巴不得了。在冬天寒风刮进来的破堂里，我哭着恳求：别走呀，别走呀。当中也有为我生火、拿来糕点或饭团、和蔼待我的男人；也有人主动脱了我的衣服，却嫌弃我身上有虱子啦、有跳蚤啦、有污垢啦。好像看见了很罪过似的，说："你身上长虱子，我无心亲热了，我走啦。"像对一块石头似的，让我光着身子，他就跑了。人真是千差万别。我这双看不见的眼睛，看遍了明眼人地狱似的脸和佛陀似的脸。

迄今忘不了的，是在从东颈城松口前往十日町的五十子平的地藏堂，被大雪封路约四十天。当中一天，自称"村里勤杂"、到处说疯话的老婆婆扒开雪道，给我送来柴火。老婆婆在我身边说："盲女艺人姐姐，我跟你一样，眼睛也看不见。在我二十四岁的春天，被红小豆的豆荚刺伤了一只眼，因我没去看医生，另一只眼也害了病，就这样成了残疾人，被小孩子们说是'蝶螺盖子'。不过，幸好我有孩子，我儿子干活娶妻，现在我由孙子引路，还能为村里打杂。正因为我眼睛看不见，我很明白盲女艺人姐姐你受的苦。"说着，她把我的手指贴在看不见的眼睛上，抽泣起来。然后她又说，羡慕游方僧和盲女艺人，自小学习经文，能背能诵，会技艺。没有家，双目失明漂泊一生。承受这世间一切的苦，作佛陀的替身活着。有这些游方僧、盲女艺人美好心灵的云游，我们这样的人才能无灾无祸地活着。人活着，脸儿千差万别、心儿千差万别，佛陀给他们躯体同一种佛性，使其不自知，为非作歹者为非作歹、劳碌者劳碌，但人世间都是平等的。他人朝阳之时，我身背阴；他人转阴，则我身朝阳。看一间房子的表里，便明白这道理。可是，唯有游方僧和盲女艺人，若向阳，则将阳给予他人，终年背负着晦暗的苦，漂泊于阴暗之地。这岂非吸取我们充满罪业、诸恶的毒躯恶血的佛陀吗？盲女艺人姐姐，感谢您。请您千万保重，继续消灾弭祸的旅行。我五十子平的老太婆，把您当做佛陀，合掌礼拜您！她说着又抽泣起来。

我第一次听说，盲女艺人是背负着明眼人的罪业、作佛陀替身云游四方的。"里见"的师傅说的却是：失明是因有前世恶业，抛弃了平常人的现世梦想，要一心一意将弁才天作为守护神，致力于技艺。我一直忘不了这位婆婆说的话，使我感到寂寞、悲伤。对了，我遇上岩渊平太郎先生——就是你们问的，从越前鲭江的连队逃走的人，就是在离这个五十子平村南面约一里的东川阿弥陀堂。那是大正七年（1918）。那年春天，社会上发生了大米骚动，还有开始在远方打仗，"出兵西伯利亚"的消息。

东川，的确位于阿凛所说的，从五十子平村往南约一里，插入山峡的山尽头处。这是散落着仅四十三户农家的偏僻地方。在东川的村子最后一段，有一间杉皮屋顶，内宽约四席半的破堂。墙壁上满是涂鸦、污点。可能是小孩玩陀螺吧，铺地板的房间有无数凹痕。阿凛拄着竹杖进来，是在大正七年四月二十一日傍晚，天色已经暗下来的时候。

当然，对于阿凛来说，日头西斜也好，晚上也好，都是一样的。阿凛把竹杖靠在房门口处，用手摸索着爬进去。这时候，她感觉到堂内有人的动静，这是盲女独特的感觉。她侧耳倾听有动静的方向，说道：

"是哪一位？能让我进来吗？我是越后的盲女艺人，想在这里投宿一夜。"

"是盲女艺人姐姐吗?"

传来一个男子沙哑的声音。年龄大约二十七八吧。她听见对方躲闪、警戒的动静,但对方知道来者是盲女,而且是盲女艺人时,好像就放心了:

"您是一个人?"

"对,我是一个人。"

阿凛说完之后,又问:

"你眼睛看得见吗?"

男子嘿嘿笑道:

"我看得见,当然看得见。可是呢,跟你一样没地方住。在这里遇上算缘分吧。我替你生火,来,这边有炉子,过来坐下。"

虽然确切情况不清楚,但推测对方会否加害于人,阿凛是懂得的。她已经多少个夜晚跟长啥模样都不知道的男人共度了。面对一个男子,他说同样没地方住,亲切感油然而生。

"你来到这样的山沟沟,说是没地方住……你撒谎吧?是撒谎吧?你是这里的人吧?"

阿凛试探着问道。男子说:

"我没撒谎。我有点情况,来这边的采石工棚打工,但工棚完成了工作,今天早上解散了。小屋也拆了,我领了工钱,正在回乡途中。天黑下来了,我心想在这里过一晚吧。现在嘛,正要吃在工棚做的饭团,去打了水回来。盲女艺人姐姐,你也吃吧?给。"

男子打开包袱,拿一个饭团放在阿凛手上。阿凛肚子饿了，感激不尽地接过来，大口吃下去。

他的姓名是岩渊平太郎，当时还没告诉我。若是从东川出五十子平，返回越前的话，必须出直江津，他这是怎么回事呢？"盲女艺人姐姐，我也跟你走。十日町的春祭，可能就是明后天，去了才知道。怎么样，我跟你去嘛。我们下去镇里，吃点好吃的东西吧。"他提出说。我说："浪费啦。你这样做，还不如尽早回家，家人等着你呢。"他笑道："我是单身一人，没父没母，也没有等我的人。有人等的话，我会来这样的山沟沟采石场吗？"他说："盲女艺人姐姐，你没有引导，竟然走遍这样的山沟村落。"我说："对呀，因为我是盲人，世界是黑暗的。三个春天之后，我眼前就是一片黑暗了。明眼人害怕黑暗，可盲人不害怕。因为黑暗是盲人生存的世界，假如害怕河底、谷底，就活不下去了。总会有路的。像这样子，我靠这么一支竹杖就能走。"平太郎先生很佩服地叹了一口气，开玩笑说："我背你一下试试，我背你跑一下试试看。"他到我跟前蹲下来，说："来，别客气，我背你。"我突然想撒撒娇，就照他说的，让他背了。好宽的肩膀，好粗的脖子。他是在采石场干活的大个子，二十八岁，身高近六尺。他背着我的身躯，就像驮个小玩意似的，从山路大步大步朝十日町走去。

我被开除为失群盲女艺人后，已经过了几年呢？春天被人背着走路，这是头一次。不，从生下来到现在，我还没被人温暖的后背背过。从那个五十子平村返回松口，前往十日町的沿河道路，应该盛开着春天的樱花、桃花吧。感觉有一片没见过的花瓣，随拂过我脸颊的风飘来。那天晚上在十日町叫"伊佐木屋"的廉价小店投宿。小店有不少住客，平太郎先生开玩笑地对住客们说，我是引路人，我虽然眼睁睁的，但心里头有病，看不见了。他一直在我身边，提出说，既然是盲女艺人，就表演一曲吧。时隔许久，我尽情唱了《菜店阿七》。之所以在《潜出之段》上面加了《借宿之段》，卖力表演一番，是因为平太郎先生在身边，有他一直保护我的兴奋之情使然吧。是这样唱的：

　　假如用花儿来比喻
　　她站似芍药坐如牡丹
　　走起路来像百合花
　　紫藤开在爬山虎、女郎头插野菊花
　　桔梗、萱草、女郎花
　　冬天的花儿如何比
　　水仙、山茶、枇杷花
　　且把明月来比喻
　　恰似十三、四、五月儿圆
　　聪明乖巧的姑娘
　　本村发生了大火灾……

这是《潜出之段》的序，《借宿之段》是这样唱的：

　　马蹄踏过的路边草
　　也肯给露珠宿一宵

五月虎蓟开在原野
连周围竞艳的花儿
也肯给露珠宿一宵
连积雪压弯的青竹
也肯给麻雀宿一宵
连水中摇曳的樱树
也借燕子一夜暂栖枝
梅花、八重花瓣盛开的樱花也好
八重九重花瓣盛开的芍药花也好
只绽开一重花瓣的牵牛花也好
也肯给露珠宿一宵
怎么说这阿吉小伙子
也是十八岁的一枝花
有情有爱两个字

住客们高兴极了,因为有人包了钱投来,我唱了跟师傅学的、用《鸭绿江调》重新填词的歌。

丈夫瞒我折初花
在外寻花野菊花
心如石竹情如红叶
再不是丈夫百合花

五

　　不知何故，岩渊平太郎没有和阿凛分开。

　　十日町的村社祭结束，二人离开旅店时，阿凛发现平太郎帮自己准备行李，自己几乎是空着手——只拿一个便当盒子大小的包袱而已。她突然想，住在采石场的工匠，出门就这么简单吗？她觉得，自从在东川相遇以来，平太郎急于回家的心情，已渐渐变化，似乎像康子曾经的样子，蛮有兴致为自己做引导。她高兴的另一面，寻思他是出于同情，压抑着尽早回乡的真心，不想丢下自己吧？

　　不过，也并不只是平太郎是这样。老实说，知道平太郎是采石工已经不错了，曾有人不知其身世、来历，就一起上路十天、二十天。

　　一般男人即便迷上了阿凛的身子，相处一两天也就离开；也有一直待在身边的人（阿凛这样认为，但也许并非如此，对方可能想一直牵她走路），随着肌肤之亲，产生了感情，自称是盲女艺人的引路者，不讲究形象，跟着她上门卖艺。节庆时，神社参道上都有摆开席子的乞讨者，阿凛也坐在其间，手弹三味线，唱说经调。这时人群聚拢来，跟其他乞讨者不同，也许失群盲女艺人的凄凉境地起了作用吧，有时身边积了不少施舍的钱。跟随的男人便把施舍钱收入荷包，夹在席子上。随着两三天的节庆鼓声，男人毕竟觉得做盲女艺人的引路者太没出息，是赌气才会干的，哪天就跑掉了。

对于有过几番这种经历的阿凛而言，她不大在乎平太郎的热心，认为他是不知何时又会跑掉的男人。然而，这个男人跟迄今为止的男人不同，即便就两个人躺在无人的堂里，他也不曾碰她身子，总是分开睡。他天性大度，块头也大，可以想象一番魁梧的采石工的形象。但只有很谨慎、不近女人身一事令人费解。

就这样，他们离开十日町前往堀之内途中，投宿真田的无人堂时，阿凛身子发热，想要亲热了。她蹭近躺在一旁的平太郎，说道：

"你抱抱我吧，我好寂寞。"

平太郎往回缩，脸改朝另一边。

"阿凛，这事使不得。要是做了那种事，我从明天起，就不能这样跟你上路了。我想多跟你这样走路，这事使不得。"

他说得很认真。阿凛觉得伤心，不知拿发烧的身子怎么办。她抽泣着说道：

"你为啥不抱着我？我身子好冷，为啥不让我暖和一点？别的不干，就这样紧紧拥抱着我吧。"

平太郎拘谨起来，没有回答。

阿凛无奈只好平复心情，背过身子去睡。这时，平太郎对她后背说道：

"小阿凛，你是好女孩。这么好的女孩，不该生为瞎子，过这样的生活。我实在觉得，这世道就像残酷的地狱。我知道没有神也没有佛。去祭祀节庆，有神官在；去施饿鬼，有和尚在，还念诵吉祥祝词和经文。但你美好的心，却没有人懂得。我此刻深深恋慕你，可以的话，让我再当一阵子你的引路人吧。"

"大个子男人当盲女艺人的引路者，从过路人得点钱糊口……我也走过好多路了，见识过各种人。小人、恶人、骗子、小偷，我都遇上过。可是，唯有你与众不同，这我是明白的。你不该待在这里，关照我，你早点回故乡吧。求你了，我习惯一个人上路。你说世上没有神和佛，那是因为你是明眼人，所以你没有看见。对于瞎子来说，这些地方都是有神有佛的。平太郎先生，此刻你是我在这世上最接近的佛。我跟你只是这样躺着，就很幸福了。"

阿凛这样说着，抽泣起来。

话是这么说，一想到到了第二天早上，平太郎会说声"我走啦"，就此告别的情景，阿凛真是担心死了。这天晚上，阿凛感觉到迄今没有过的、对男人的执著。

从真田出堀之内，走过山峡各村子——广神、守门、入广濑，二十天过去了。平太郎跟在身边。

从入广濑溯支流入山谷，有个叫"松户"的小村。时值傍晚，汗流浃背的阿凛由平太郎领着，下到洗川去洗澡。平太郎也是系一条兜裆布的模样吧。阿凛解带脱衣，浸泡在水里。就在这时，一直哗哗泼水的平太郎说道：

"你站着别动——真像是佛陀。你眼睛能看得见的话，就能看到这漂亮的暗红色晚霞了……小阿凛，你身子白得像棉花，此刻在夕阳的映衬下，就像寺里的佛像闪闪发光哩。"

听了平太郎激动的、仿佛正在礼拜的声音，阿凛像他说的那样挺立。对于阿凛来说，平太郎所说的晚霞的天空、染上了晚霞色彩的江水,她都看不见。她眼前只有黑暗,那黑暗的角落里只传来一只鹡鸰的鸣叫而已。

他是个温柔的人。但愿这个人能一直给我引路。以越后、信浓的节庆为目标,唱一番盲女艺人歌曲,死掉也罢!阿凛抑制不住激动的心情,向前伸出手,说道:

"你过来这边,抱紧我,你过来呀,别待在那边。"

这时,在一旁静静守护她的平太郎哗啦哗啦地走过来,站在阿凛跟前,一边喘着气,一边正面抱紧湿漉漉的阿玲。

"你是好可爱、好可爱的佛陀。"

阿凛肝肠寸断地拥抱平太郎。

六

　　岩渊平太郎先生教会了我：有比结缘共寝更美妙的、心灵相通的拥抱。入广濑傍晚的河水冰冷，但是，跟平太郎先生一起在河水中洗浴，真是令人陶醉的一瞬，感觉好暖，仿佛在佛的甘露中洗澡一样。我感受到男女在一起、没有肌肤之亲的那种快乐。这种感觉，让我从这一天起明白了：带着被平太郎先生双手紧紧拥抱、几乎要融化的感觉，像兄妹一样睡觉的夜晚，是无比的幸福。迄今和我交合过的男人有多少？数不过来。自从离开"里见"的师傅，好歹过了五年了，萍水相逢、有肌肤之亲的男人好多，但是，对我这个爬满虱子、跳蚤的乞讨女子，即便有一个晚上的好奇来玩弄，到第二天一早，就一副陌生人的面孔，丢下我走掉。然而，只有平太郎先生，自此以后一直为我引路。在我的三味线曲没有客人的时候，他就做修理木屐的活儿，一起上路。

　　失群盲女艺人阿凛说自从在越后的五十子平附近的东川阿弥陀堂遇上了岩渊平太郎之后，才第一次知道这世上难得的、男女清纯的交往。

　　一个失明女子，没可能得识让她不解的男人——岩渊平太郎的真实面目。不过，阿凛虽看不见，却明白平太郎是近六尺高的大个子、面孔轮廓深、性格温和、不多话。

但是，对阿凛来说，平太郎对自己不离不弃，一起风餐露宿熬苦日子，不知他究竟目的何在。他们曾经在漏雨的破堂，或农家屋檐下的土间，或无人的烧炭小屋，熬两三晚大雪天。从兵营逃走，在当时——日本富国强兵的时代、也是出兵西伯利亚的高潮中——是接近死刑的重罪。平太郎是要避开世间耳目，躲开福井宪兵队及各县警察署秘密布置的特别搜查员的眼睛，逃亡到越后的山谷中。

平太郎似乎对阿凛都不隐瞒，唯独没有说出姓名和住在加贺大圣寺町的母亲，以及自己逃离兵营、正被通缉的事。阿凛问他姓名时，平太郎回答道：

"我姓鹤川。"

他说：

"写作仙鹤的河川，也就是降落在河川上的鹤。"

"我听说鹤降落在田里嘛。也降落在河川上吗？"

"哈哈，在晚霞里，它那白色的羽毛，就像洗浴时佛一样的小阿凛啊。小阿凛的身子，赤裸的时候很美。"

从来没听说过，自己的身子在夕阳下是那样子。生下来只短暂见过这世界的阿凛，只能试着想象夕阳的美和映着江水颜色的美丽肌肤。

平太郎的话，对于连太阳也没见过的阿凛来说，就像一个温暖的梦。

"采石场为什么不干了呢？"

"倒闭了。"

平太郎说道。

"世道艰难呀。我一直失业……工作也没有，就这么逛着。将来，我试试弄木屐吧。"

"修木屐?"

"不，是做木屐。我妈从前在木屐铺干活，做木屐齿、木屐带子很棒。她去京都的市镇，做了很长时间这种生意，嫁给我父亲，回到村里，好长时间在家里做修理木屐、换带子的活儿挣钱。到了正月和节庆，我家的屋檐下，用绳子挂起了全村的旧木屐。我妈把这些旧木屐拿到河里——洗干净、晾干。我小时候都看在眼里，记得牢。我还给我妈帮忙，所以修木屐齿、穿带子都行。"

阿凛听了平太郎的话，看不见的眼里泪水盈眶，抽泣着说：

"你妈妈真了不起。"

在三条，平太郎用阿凛给他的一点点钱，买了做木屐必不可少的工具，什么刨子、凿子、锯子、锥子等等。这里是越后的五金小镇，在大正时代，有生意红火的工厂。因为正值出兵西伯利亚之时，刀剑受欢迎，这里的店子橱窗，都摆着日本刀。

平太郎有了工具，从三条来到加茂镇上，买了做衣橱的桐木边角料，灵巧地做了晴天矮木屐的"壳板"。他是在阿凛获邀去酒席唱歌，或者去饭馆、村里富豪家演出时，在破堂或者农家屋檐下做的。

做好了二十双"壳板"，平太郎穿上廉价带子，装好木齿，一个月里就做出了新木屐。这成为了平太郎摆木屐摊生意的第一步。做好时，平太郎让阿凛一一抚摸了二十双木屐，说道：

"好,从明天起,遇上节庆,我就拿它们到村子地摊上卖。卖掉的话,再买材料,这样周转,产品就多起来了。小阿凛,我的生意顺利的话,你就不必以盲人身份挣钱了。你就在我身边,用木贼打磨木屐就好。"

阿凛嗅着桐木的气味。新刨的桐木贴着脸颊,光滑得就像剥了壳的煮鸡蛋。

"你……用木头做成了这样的木屐呀。"

阿凛不舍得放下新木屐,一直贴着脸颊。

"小阿凛,"平太郎郑重其事地说道,"从明天起,你就不是盲女艺人了,你是木屐商人鹤川的妹妹。明白了吗?"

阿凛一时摸不着头脑。

"不明白吗?你是我妹妹,我是你哥。从明天起,你叫我哥哥就行。好吗?你是鹤川玲。我跟你,一路上卖木屐……走下去。明白吗?"

阿凛呆呆地听着平太郎兴奋的话语轻敲耳鼓,她明白,既然他是哥哥,那么内心一角希望能拥抱自己、填埋她女人悲哀的那个人,就不是他了。

"你不是我哥,不是我哥!是我……是我在这世上最喜欢的人。"

阿凛摇着头,流下欢喜的眼泪。

七

　　岩渊平太郎从加茂镇返回三条，在接近火车站的田里的地藏堂设摊摆卖。说是设摊，也只是夹在参道边的摊贩中、铺了草席摆卖木屐而已。

　　平太郎拿着一个大包袱和一个装物品的大货箱，因为里头还有工具，所以相当沉重。他必须扛着这些东西，再牵着阿凛的手。阿凛只背着自己的东西，夹着三味线，一只手摸着平太郎的东西走路。

　　卖出木屐的日子住廉价小店，没卖掉的日子跟迄今一样，找无人的阿弥陀堂或观音堂投宿。

　　有趣的是，露天摊贩中，也有人像平太郎、阿凛这样，依靠村镇的节庆上路、投宿无人堂的。他们还交上了朋友。既有夫妇，也有鳏夫，还有寡妇。有卖烟花的、卖一钱西点的、卖玩具的、卖碗的、卖药的、卖丝绸衬衣的，五花八门。人人都是把大包东西装进大货箱里，带着一块厚布，以防雨水打湿物品。当中还有人利用火车，把行李托运到下一个有节庆的镇子去。

　　平太郎要设摊摆卖，需要跟这些伙伴商量，在可接受的地盘摆。在定下来的地方铺上席子，阿凛坐在一角，平太郎坐在中间，把膝盖当成工作台。也就是说，用腿灵巧地夹住材料，用刨子刨、开洞或者钉鞋跟。阿凛要做的，是用木贼打磨做好了的木屐。虽因眼睛看不见，木屐带的颜色、桐木木纹都搞不清，但习惯了之后，她就能够分辨上等品和下等品了。上等品拿起来很轻，木屐带是缎子或者平绒。下等品做得不好，板面有节疤。

顾客中，有人不买新木屐，而是脱下脚上的木屐，要求更换木齿。平太郎对这样的顾客也一样好态度，他把脏木齿拔下，换上新的，顺便就清洁了木屐护罩或板面，再还给人家。换木齿的话，收费二钱。买儿童木屐是十五钱，上好的大人木屐是五十钱左右。不过，当木屐非常好卖时，一夜之间就卖光了。没了货品，他们就返回住处，平太郎不眠不休地制作木屐。材料都是路经市镇上的大木屐店时，买下的粗坯。

阿凛不知道平太郎挣了多少钱，但她很高兴住上了廉价小店、小贩旅店，吃的、穿的跟别人一样。她觉得终于从等同乞丐的失群盲女艺人上升了一个档次，一再跟平太郎提起：

"哥，我跟做梦一样。靠着你，我成了普通人。我啥也不干就有饭吃，轻松自在。"

因为她说话大声，旁边的小贩也听见了。平太郎小声说：

"别说蠢话，你一副理所当然的态度就行。"

虽被这样说了，但阿凛怎能压抑住这样的喜悦呢？阿凛眼睛看不见，但听着一旁平太郎使用刨子、凿子、锯子的声音，想象着做出来的木屐。

"上等木屐给有钱人穿嘛，下等木屐就是没钱人穿的。"

平太郎说道。

"像这样子坐在地上卖东西，很清楚人的脚。也很清楚人的心思。阿凛,有些人穿着抠门的木屐,他们认为,没钱就没资格穿上等木屐,穿戴奢侈的人才配穿上等木屐。世道就这么回事。"

阿凛点头听着。这说法跟她做盲女艺人时四处卖唱、在孤独的日子里领悟的人世相符合。

即便卖唱,真心地听唱,为各种世事、为盲女的身世流下同情之泪的人,都是好心人,这样的人多是贫穷的人;与之相反,被叫去富裕农家、商家的客厅卖唱时,就有种凉飕飕的感觉。也有人说盲女艺人身上有虱子,不能入厅堂,让盲女艺人站在土间唱歌,冷冰冰地递过一点点钱,像打发乞丐一样。正因为是盲人,对话语背后包含的意思极敏感,感同身受。对于卖木屐的平太郎来说,因为他是席地售货,正好看透了行人的内心吗?

我忘记了是在柿崎町还是筒石了,平太郎先生用挣到的钱,从牲口贩子处买了辆旧拉车,我无法忘记当时的喜悦。那是一辆大车,据说是拉货的,叫做"大八车"的那种。我用手摸摸看,车子比我坐着还高。我问平太郎先生,他说是栎木做的。好几根棍子从芯轴呈扇形伸出去,同样用栎木制成圆车轮子,嵌着厚厚的铁圈。那芯轴垂着含油的棉球,润滑油的气味扑鼻。车轮子上架一根粗棍子,上面装了台子,一头是把手。要拉车时,进入把手内,将连结芯轴的绳纽挎上肩头。这么棒的车子上,平太郎先生放满了木屐、木料、工具拉了回来,他从没这么高兴过!我也能察觉平太郎先生的喜悦。

阿凛说的"大八车",是大正年间使用的二轮拉货车。的确是用栎木制作,车轮外包铁圈,一拉起来,铁圈碰上石头,发出异样的"嘎啦"声。货架前后须平衡,有较大空间装货物,只前方有把手,后部装接一块长长的木板,可触地。平太郎在车上装载货品,也装上阿凛的行李,路远时也载上阿玲。

阿凛听着骨碌骨碌的车轮声,坐在货物堆中间,打着让平太郎给买的阳伞。这种时候,阿凛恍如置身梦境中,哼起了小调。这些小调,是在漫长的旅途中,阿凛出于职业特点记住的民间流行曲和自古流传的地方歌谣之类。

从北面前往柏崎的药师堂时,路途遥远,平太郎说:

"右手边是海,远处是米山。"

那里大概是断崖吧。平太郎停下车子在路旁抽烟,波涛声近至脚下。

阿凛从车上下来,和平太郎并排坐在木料上。刮着风。

"哥,我成了瞎子,这是头一次感到幸福。"

阿凛撒娇似的说。

"我没有任何不满啦。梦想实现了。不过,我有时想,如果哥有那么一个晚上拥我入怀,就是死了也行。可是,哥不要我。"

"因为没跟你睡,所以才能长久吧。"

平太郎说道。

"跟你从前的男人一样,要了你的身子,我就不能叫你妹妹了。我要把你当美丽的佛陀,明白吗?"

阿凛心想,这里是没人走的山崖上,跟我贴一下脸也行吧。但又觉得说出口的话,又要伤平太郎体贴的心,就忍住了。

对了,我一辈子都不再说跟我亲热了。我要彻底抛弃女人不规矩的欲望,真心成为妹妹,不然就对不起平太郎先生的情意了。我是哥的妹子,鹤川玲。这样拿定了主意,阿凛就感觉这响着浪涛声的、米山脚下的断崖,在她看不见的眼里,仿佛展开了一个新世界。她想起了这一带的民间流行曲——之前投宿越后角田村时,卖解毒药的姑娘们教会她的,便唱了起来:

离开弥彦时
为何看不见
紫云英花儿红红盛开了
雪中的米山、唯有风呼啸

海边汹涌的岩滩
为何看不见
白鸽稚儿早早就啼哭
雪中的柏崎、唯有浪滔滔

走过荒芜的田地
日头已黄昏
小伙子卖不掉解毒药
搭船明天去出云崎

八

我怎么也忘不了柏崎的药师节，那是大正八年（1919）十月七日。住在宿浜的"俵屋"，我和平太郎去夜市摆摊。在第一天傍晚，发生了可怕的事情。

阿凛在这里说了平太郎被柏崎警察抓走的事。经过大致如下：

那天，在药师堂参道的杉树下，排列着露天摊贩。平太郎与一个中药摊相邻，摊主叫别所彦三郎，他曾在富山的中药批发商处做学徒。阿凛在平太郎身边做木屐的收尾工作。

旁边的中药摊主是个直爽的男子，爱说话，关心阿凛。平太郎在廉价小店也登记为兄妹，哥哥鹤川矶吉、妹妹鹤川玲。因为对周围的人也这样说，所以并没有怀疑自十日町一带起常见面的两个人：卖丝绸衬衣的山下、卖糖果的小杉。

然而，阿凛对平太郎说，唯有别所似乎早就知道平太郎和阿凛并不是亲兄妹，私下向阿凛打听。就是说，回到住处后，平太郎让阿凛休息，自己出去补购木屐带子、木板、铁片、钉子之类的东西。他要尽可能预先备好材料，但他外出时，这些人就对阿凛献殷勤，有时也说笑。

卖中药的摊主别所彦三郎之所以看出阿凛不是平太郎的妹妹，是因为他看到了阿凛携带的三味线。阿凛并不隐瞒自己原是盲女艺人。她按照平太郎的说法，自称和哥哥分开后，在越后做盲女艺人，因故重逢哥哥，一起上路。二十九岁的盲女阿凛，肤色白皙，有讨男人喜欢之处，飘荡着成熟的风韵。而且，她不是处女。直至前不久，她还是周游艺人，为钱和一宿之便出卖身子。无论她怎样装平常人以掩饰这样的历史，明眼人也看得出来吧。别所就有这样的好奇心。说得不好听，他就是那种好管闲事的男人。而平太郎也不喜欢此人向阿凛找话献殷勤。他尽量不让别所接近。

原因之一，是平太郎有一种欺瞒世间的胆怯和不安，他尽可能不让他人介入。之所以要与阿凛结伴上路，撒谎说她是妹妹，也为减轻自己身为逃亡者的不安。另外，带着一个盲女，别人也会投以同情的目光。这样有点对不住阿凛，但这个打算是掩饰不了的。

平太郎为人沉默寡言，对谁也不透露底细，是因为有这样的苦恼。但是，阿凛为人天真，性格开朗，跟人说话直通通的。像平太郎这样，跟人交往讲究分寸、事事小心谨慎，她太不擅长了。有时摊贩们对阿凛好，她便弹起三味线、唱歌，这时平太郎就不高兴地瞪眼。也许这种事也被别所彦三郎看在眼里，觉得他可疑吧。也就是说，别所判断：一个卖木屐的不速之客，巧妙骗来一个路上相遇的肤白盲女，让她看摊，还能博取同情，其实是个来历可疑的家伙。但是，事发并非别所从中搅事，而纯属偶然。

那天出事，平太郎在药师堂摆摊的牌子有漏洞是起因。详情不明。在当时，以越后地区节庆和寺院活动为目标而流动的摊贩，有一个领头的人，而当地地头也有领头的人。两方领头人物碰面协商好，让小摊贩们平安无事做生意，不与当地人因争地盘起摩擦，为此向每个摊贩收取一元二元的摊位费。据阿凛说，只有交了摊位费，才可得到摆摊的小牌子，在摊位前摆出来。

不知出了什么差错，平太郎一到柏崎，马上照惯例跑去进货，没去领取其他人有的小牌子，头一天便"无牌"摆摊。他简单地以为事后补交就行了，但领头的人巡视时发现了，手下人把他带往事务所。

当时，阿凛正坐在席子上打磨木屐，她明白有人来把平太郎叫走了。平太郎谈不下去，就站起来说"我去去就来"，拍拍膝盖上的木屑，走掉了。但因为他久去不归，阿凛担心起来。

很不巧，那天下起了雨，好不容易摆开了摊子的小贩们一边发牢骚，一边装货箱，打包撤回旅店。阿凛在雨中惊慌失措。要是木屐被淋湿了、带子掉色，那就白费心机了。一旁的别所彦三郎见状，急忙把平太郎的货物装上车，拉上车篷——然后呢？是带阿凛回酒店，还是原地等待？下起大雨就麻烦了。

"小阿凛，等不到他的话，我们先撤回俵屋吧？下这么大雨，你哥也会回旅店那边的。"

别所热心地打着伞，带阿凛坐在车上，自己的药材杂物也都放在平太郎车上，在雨中拉车回到浜的俵屋。然而，到了晚上，平太郎也没有回来。

据一个小贩从领头者处听说，平太郎被当地的人叫到药师堂内,不知说了什么,争执起来,把对方打伤了,被柏崎警署拘留了。

但是,阿凛搞不清楚这件事。旅店的人也顾虑着不让她太担心不安,没对她多说。阿凛隐约感觉要出事。这时,一向殷勤的别所说道:

"你哥在交钱办手续上有问题,这么点事,警方关他几天,很快就回来啦。"

阿凛更加担心起来了。当她知道他第二天、第三天也回不来时,很是孤独。

雨连下了五天。对于小贩们来说,这是冷酷的雨。他们不可能老是待在旅店里。系鱼川的山王神社祭日迫近了。

卖丝绸衬衣的、卖糖果的、卖烟花的等等搭火车出发前往系鱼川那天,打好行装的别所邀阿凛去浜。雨后天气好,海面也风平浪静。在岩石遍布海滨、波涛汹涌的松原,他们在大黑松树的根瘤坐下休息时,别所对阿凛这样说:

"因为你眼睛看不见,你不知道那男人的脸怎样扭曲。你尊敬他、喊他哥哥,但你并不知道他内心是不是当你妹妹。我告诉你一件事情,这是卖衬衣的在山下看见的:他去了邮局,向某个地方挂号寄了钱。四处闯荡的人,为什么要去邮局寄钱?他肯定是有老妈、老婆在某个地方嘛。"

"我哥是孤身一人,他说爸妈都死了。"

阿凛上了别所话里暗藏的钩,说出了平太郎跟自己不是亲兄妹,是路上偶遇的经过。

"那么说,你们已经是夫妇了。"

别所带着粗鄙的味道问。

"我们没有亲热过。"

阿凛摇头。

"那么，小阿凛，是你一直不肯吧。"

阿凛摇头，说："在男女关系上，有一种没有肉体因素、纯兄妹似的关系，这样的话，二人既不争执，也可长久，这样才开心。"

"嘻嘻嘻，你呀，是现学现卖鹤川的话。你也是个女人，也有想要亲热的夜晚吧？"

"即便有，我跟我哥也没发生过那种关系。"

阿凛极力辩白。

别所半信半疑地听着。阿凛为私下里跟别所说了这些而后悔。平太郎提醒过她：卖药的说话卖乖，要提防他。这家伙不可靠，可自己有问必答，说出了一些跟平太郎的秘密。但是，她也知道，这是别所对她好。

从下雨那天起，阿凛就在"俵屋"打磨木屐，到了晚上，也曾为大家弹三味线、唱歌。那时候，别所为安慰她的郁闷，比谁都温柔。去洗澡的时候，他也牵着阿凛的手走下很陡的楼梯。阿凛之所以不觉得此人像平太郎说的那么可恶、是坏人，也许是因为此人有关西人办事周到的性格，没表现出猫一样张望不定、待人势利的缘故吧。

"那个人，是没有亲属的。他跟我一样是孤儿。"

阿凛说道。于是，别所说：

"那个呀，是你自以为吧。如果是，他为什么把钱寄走？据别人说，他在越前有老妈。跟你两个人周游，攒下了钱就寄给老妈，末了肯定会丢下你，找他妈去的。我觉得是这样。"

"请你别把我哥说得那么坏。"

阿凛几乎要哭出来了。于是，别所说道：

"你呀，别一直跟着那样的男人，跟我去富山好吗？我在富山熟人多，也认识好多药材铺。安排你一个在旅馆里做按摩，就不必这样一路走，可以在室内干活了。我也能照顾你。来吗？"

阿凛摇头。于是，别所说道：

"你还这样跟着他的话，终有一天会被甩的。到你被甩的时候，你也一把年纪了……趁现在得拿主意了。要是一把年纪了，想干活也晚了。不想死在破堂的话，现在就跟我去富山，做别的营生为好。"

别所的说法里，感觉不出恶意。这件事，别所不单是在柏崎，在筒石时、柿崎时、平太郎不在时，他都无意中探过阿凛的口气。

阿凛想，别所是为自己的将来着想才这样说的。他说带自己这样的人去富山、让自己去做按摩，这是很令人高兴、很吸引人的，但是，不能就这样丢下困在警察局的平太郎，跟别所搭火车一走了之。如果另谋出路，还是得跟平太郎商量，得到他的同意之后再走。

"我不想去富山。我要等我哥回来。"

阿凛说道。

"好愚蠢啊。你真要等那个重罪逃犯吗？他什么时候能回来都不知道呢。"

别所在"重罪逃犯"处加重了语气。阿凛吓了一跳，说道：

"他不是重罪逃犯。他是个好人，心肠很好。"

"好吧，我没什么话好说了。我自己一个人去系鱼川啦。"

别所说着，站起来，挑起了行李。这时，阿凛说：

"别所先生，一直以来谢谢了，谢谢你的关照。"

与其说是声带哽咽，毋宁说透出她一直以来对别所的信赖。别所感动地回过头来，却窥见阿凛低头露出雪白的胸口，他一下子撂下行李，冲过来抱住阿玲。

"请你放开手，请你放开手。我有大哥的，请你放开手。"

别所喘着粗气，一边来亲她，一只手伸入她的衣裾下，阿凛拼命要挡开他。

"小阿凛，我一直想这样跟你亲热。没有人看见，神呀佛呀都没看见。你就跟我睡一次吧！"

别所声调也变了，他咬着阿凛的耳垂，使尽力气把阿凛向后扳。

阿凛感觉身子久违地发热起来。她敌不过看得见的人。她知道别所力气大，无论她怎么抵抗，最终他都会得手。于是，她说道：

"请等一下，我自己解开衣带，请等一下。"

别所松开手，阿凛果然解开衣带，膝行至草地上，躺下来。

别所骑到阿凛身上，一下子就如愿以偿了。他随即站起来，对还裸露的阿凛说：

"我走啦。"

"别所先生，你可别对大哥说做了这种事情。哎，死了也不能说啊。大哥要是知道了,我非死不可。"

阿凛说道。于是,别所说道:

"你刚才不是说,跟鹤川是兄妹吗?如果他是哥哥,怎么会斥责你喜欢上我呢?不过,既然你说别说出去,我就不说。"

别所说完就走掉了。

阿凛遇上岩渊平太郎,是在大约十分钟后。平太郎拉着车子,站在松树林入口。即使看不见,也明白他在找阿玲。

阿凛拄着杖,从白砂道走来。她从车子的声音,就听出是平太郎了。阿凛吃了一惊,喊道:

"哥!"

平太郎不作声。

阿凛见他不回答,知道他在生气。平太郎被警察释放,回到"俵屋"一看,小贩伙伴们都不在了。听店家说别所和阿凛结伴去浜,他就来到了这里。

"哥,你别生气。"

阿凛说道。

"你看见了吗?看见了吗?"

阿凛担心着发生在松树林里的事情。

"是那个卖药的?是别所吗?"

这时,平太郎低声问道。

"他不坏的,是我不好。请你原谅,请你原谅!"

阿凛认准平太郎看见了刚才在松树林里的事情,哭了起来。

"请原谅,是我,是我不好。"

平太郎从大车的工具箱里拿出凿子,跑进了树林。

阿凛看不见当时平太郎的模样,看不见他手持凿子。她痛哭起来,只是说:"哥,哥,是我不好。"

九

　　别所彦三郎的尸体被打上三里浜的沙丘，是十天后的事情。这里距离波涛汹涌的岩滩海岸约五百米。

　　现场鉴证由柏崎警察局的特约医生和局长大江、从长冈方面赶来的今西万三郎警部补负责。通过尸体的衣服和兜里的奇应丸包装纸，判定是卖中药的小贩别所彦三郎。"俵屋"店主和太太当场指认了，知道别所在十天前，因大雨没有在药师堂摆摊，休闲自在。"俵屋"店主夫妇说，他不像个要自杀的人。

　　调查人员首先想的是：别所是失足坠崖的吗？但别所并没有喝酒。而且，附近没有那种险路。依特约医生之见，别所死了十天左右。仔细检查已发胀的溺水尸体，也有他杀的嫌疑。下腹部有凿子状刀具深戳似的洞。伤口相当大，深度也几乎贯穿后背。要说是从崖上失足坠下，这个伤口很可疑。是有人捅死了他、扔进海里了吗？这样的情况也并非不可想象。但是，这并没有可靠的根据。有必要先排查这伙小贩。也许江湖艺人、摊贩中有仇怨。

　　柏崎警察局召开第一次查案会议，是十月二十二日。也是在这天，阿凛跟岩渊平太郎分了手，独自一人从黑川前往柿崎。阿凛当然不知道别所死了。

　　阿凛被别所拉进松树林加以诱惑时，她最初拒绝，但对方死缠之时，她内心突然有了一种想被别所亲热的感觉。她虽觉得对不起平太郎，但不知为何心里涌起一丝报复：通过被别所亲热，让他平太郎深深明白自己的错，平日里怎么求他，他都不肯答应！也许当时平太郎还在警察局里也令她放心吧。细究起来，是在这样的感觉之下，阿凛让别所碰了她：是她自己解开衣带的。

然而，阿凛做梦也没想到，就在这个时候，平太郎拉着车子，来到松树林附近寻找她。可能别所也因为亢奋，没顾得上察看四周。当知道平太郎在场时，阿凛真吓得气都喘不过来了。她首先想到的是会不会挨揍。她眼睛看不见，但能感觉到平太郎喘着粗气。从平太郎一声不吭的态度，"被看见了"的恐惧掠过脑海，自暴自弃和内疚的心情汇合在一起，她问"你看见了吗"。

平太郎撂下车子，去追别所。然而，阿凛知道他可能在松树林那头赶上别所，却不知道他干了什么。在宁静中度过了三四十分钟不祥的时间，到平太郎返回时，阿凛突然悲从中来，又哭起来。这种悲伤出自何处呢？她只是不由得害怕起来而已。

"上车吧。"

平太郎冷冷地说。那声音听来更可怕了。

"我一个人上路，不坐车了。"

阿凛摇头。

自己背叛了平太郎。在弥补这个罪过以前，她希望独自一个人，否则，无论如何不能这样子一起上路。然而，平太郎简单接纳了她的话，说道：

"那你一个人走吗?"

然后他低声说:

"别对任何人说在这里遇见过我。"

阿凛明白这话是什么意思,是相当久以后的事了。阿凛双目失明,什么也没看见。

"我不说。"

阿凛说道。

"我狠揍了别所。还有,还狠揍了镇上的地痞。我另外还有出了警察局要教训的家伙。所以呢,不好连累你。你也该跟我分开了吧。等事情过去了,我再去找你,肯定还会相聚的。好吗?"

"哥,那你要去哪里?"

阿凛问道。

"南边。我去若狭那边。"

平太郎说道。

阿凛点点头。假如平太郎被地痞追踪,他带着一个盲女的话,马上就暴露了。她明白他希望一个人上路。

——好吧,自己暂且一个人上路去南边。

"早点回来,哥,我等着你。"

阿凛说道。然后,平太郎交给她装了纸币和硬币的荷包,还有三双他制作的红带子短齿木屐。车子远去了。阿凛就此返回"俵屋",拿上行李,往南边走。

十

　　黑川的地藏堂据说曾是六体地藏堂。用手摸摸看，排列着六尊地藏，多的时候，有十多块围嘴儿。据说每尊地藏都缺眼少鼻，皮肤粗糙，后背背着个圆盆似的东西。

　　地藏旁有高出一些的木板间。论其大小，要铺席子的话，大约可铺三张席子吧。阿凛在那里放下行李，喝了水壶里的茶，这是她在村里讨的。就在此时，堂前传来了脚步声，有女子慢慢进来的动静。

　　"是谁呀？"

　　阿凛这样一问，对方也问：

　　"你是谁呀？"

　　阿凛很快就明白了：对方也是盲女艺人。虽看不见对方带的行李，但三味线放下来时，发出了轻微的声音。

　　"你眼睛看不见吗？"

　　"几乎看不见。可天气要是好的话，朦朦胧胧看得见。"

　　那女子说道。对方跟阿凛一样，是失群盲女艺人，被开除的女子。

　　"你原是哪儿的艺班？"

　　"我是长冈的盲女艺人。"

　　"那，什么时候被开除的？"

　　"三年前。"

阿凛虽看不见对方的脸庞，但感觉出对方跟自己同龄、脾气性格也好。她很高兴在这样的地方遇上同样境遇、而且也是被开除的伙伴。

"要吃吗？"

阿凛递上在村里讨得的饭团。那女子说声"谢谢"，伸手接了。看来是直爽的性格，连戒备也不懂。

一濑玉二十九岁，是长冈的盲女艺人。她三年前被开除，转道出云崎，在那里和渔民搞在一起，不久成了夫妇。但渔民遇上风暴死了之后，她又是孤身一人，回归盲女艺人。阿玉用沙哑的声音低声说：自己走遍了越后，好歹能糊口。而一旦尝试过夫妻的生活了，有时就难耐独寝的寂寞，好难熬。然后，她接下来说了这样的事情，让阿凛很是吃惊。

"明眼人的世界好可怕。丈夫死的时候，我真是哀痛不已，可有人说：'你丈夫没死呢。他讨厌你了，所以就溜了，算是遇风暴死了。你丈夫有女人了。'这说法吓坏我了。从此我再也不相信明眼人了。"

阿玉说着，抽泣起来。阿凛把平太郎加以对照，明白她的悲伤。

的确，失明者看不见外界。即使对方想分手、假装死亡，也不知道。分了手的丈夫即使站在跟前也不能看见，这样的悲哀阿凛也明白。

"不过，阿玉呀。世上也不单单是坏人呢。你丈夫那家伙是坏人。你就忘掉坏人吧……你要找一个心地好的人过日子。我是这么想……"

"你没有丈夫吗？"

阿玉问道。

"有一个对我很好的大哥，但没有成为过夫妻。"

阿凛说道。

"分手了吗？"

"嗯。"

阿凛说道。

"他像大哥一样照顾我，但因为一些原因分手了。"

阿凛心想，即便对阿玉，平太郎的情况也不宜说太多，因为跟平太郎保证过的。在松树林分手时的情况，即便在盲女艺人之间也不能说。

阿玉说，来这里的途中，黑川村的农家约了席间演出，她把行李托给阿凛，傍晚时出去了。地藏堂安静下来。

阿凛想在阿玉回来前躺一躺，便在药师堂一角铺上破布，把行李当枕头躺下了。

正当她迷迷糊糊的时候，来了一个男子。阿凛听见皮鞋声，起来了。

"你是鹤川玲吗？"

来人傲慢地问道。

阿凛吓了一跳。他喊自己的名字为"鹤川玲"，这除了柏崎的人或警察、小贩之外，就没有别人了。这是平太郎登记住宿时写的名字。

"是。"

阿凛向那名男子转过头来。

"我是长冈的警察，我姓今西。我有点事情问你，就赶到这里来了。"

声音和蔼。感觉是年过四十的人。但是，他的腔调里，有某种冷冰冰的感觉。

阿凛身子僵硬起来。

"你有个哥哥吧？"

"是。"

阿凛点头。

"是叫鹤川矶吉吧？"

"是。"

"矶吉在柏崎警察局那天，你在岩滩波涛汹涌的浜遇上谁了吧？"

"是别所先生。"

阿凛照实回答。

"别所彦三郎是卖中药的吧？你跟别所走过松树林、在崖上待了一会儿……大概是多久？"

"我不知道时间的。别所有去系鱼川的火车时刻表。他跟我分开之后，就急急赶往镇上去了。"

"天还亮吧？那时候。"

"刑警先生，我看不见的。"

"你真的什么也看不见吗？"

"是。漆黑一片，什么也看不见。"

今西万三郎叹了口气。他定定地盯着阿玲。

"那么，你跟别所分开了，之后怎么样？"

"返回'俵屋'了。"

"没遇上你哥吗？"

"没遇上。"

"没遇上？怎么会没遇上？那天你哥从拘留所放出来了。"

"我回到'俵屋'，店主说，你哥刚才出去找你了。是拉着车、载上全部行李走的……他那样说，我又返回巨浪岩滩那边，但没遇上。我从巨浪岩滩去了火车站。可是，没遇上我哥。刑警先生，请你告诉我，我哥在哪里？求你了。"

"我也不知道啊。"

今西万三郎说道。

"我以为见到你问你的话，就知道鹤川的行踪了。可是，如果你不知道……就没办法了。"

看来今西好不容易找到这里来，却见阿凛孤身一人，失望了。

"我哥犯了什么事吗？刑警先生，请你告诉我。我们在柏崎走散，能遇上哥哥就好了。我哥又犯了什么事吗？"

阿凛担心地问道。

"他也不是干了什么坏事，只是有事情要见到他，问一问。"

今西似乎用很怀疑的目光打量着阿凛。他默默地抽了一会儿香烟，然后说道：

"阿凛，我这就走了。见到你哥的话，跟他说待在黑川的药师堂……尽量别离开这里……等着我。"

他补充道：

"没啥担心的事。我就是要见到你哥，说说话就完。如果他跟我前后脚错过、到这里来了，你跟他说，长冈的警察今西在找他。"

"是。"

刑警站了起来，阿凛知道他是为不大重要的事情而来，松了一口气。但是，她随后又想，之后平太郎肯定跟地痞打了架、弄伤人了，才会被追究。

我对可怕的事情一无所知，也不知道今西刑警来访的目的是什么。因为我是个瞎子。即便人家问我："平太郎那天打死了别所，丢到海里去了，你看见了吗？"我只能回答："没看见。"因为我真的没看见，无论刑警先生怎么追问，我也无从回答。即便别所就在我面前被杀，那也是明眼人的世界里发生的事情，我看不见。就是这样。在黑川的六体地藏堂偶然相遇、然后一直结伴走的长冈盲女艺人阿玉，她丈夫据说出海遇风暴身亡，她好长时间一直相信，但后来才知道，其实是她丈夫有了女人、跑掉了，再托人设局向阿玉撒谎的。瞎子也就这样子，看不穿明眼人的诡计。

刑警先生向我询问，别所是个怎样的人、在松树林里说了什么、做了什么，可我连这个别所的长相、模样也没见过。对于瞎子来说，其他人原就是黑暗中的人。不管是死是活，既然是失明人，即便平太郎真做了那么可怕的事情，那也是明眼人的世界里的事情，我无从作证的。可是，假如这件可怕的事情是真的，我该跟平太郎说什么来道歉才好呢？因为我如果态度明确些，不让别所接近，就不会惹怒平太郎。就因为我让别所有非分之想，平太郎憎恨别所，才发生了可怕的事情吧。所有一切都是我的罪过。我怎么向平太郎谢罪都不为过。而那时候，平太郎在什么地方呢？

我对行踪不明的平太郎担心得不得了，离开六体地藏堂之后，我跟阿玉结伴，沿海边上路，走了直江津、系鱼川、青海、亲不知、入善。阿玉的眼睛多少能看见，比较放心，我很高兴结识了好朋友。但是，不得不跟阿玉分手的日子还是到来了。跟平太郎重逢的，是闭居祈祷若狭三方的单手观音的日子，到那天为止的约两年间，我怀着见到平太郎的期待，走过了越中、加贺、越前的村子，去了有节庆的神社和有报恩讲的寺庙。可是，无论走到哪里，都听不到卖木屐的平太郎那熟悉的车声。我忽然想到：肯定平太郎也跟我一样，路上投宿村子或镇上的无人堂吧。这么一想，后来我就喜欢往南走，也曾拜托眼睛多少能看见的阿玉在无人堂的墙壁上写下这样的文字：

　　来这里的是阿凛
　　苦海中人生死流转
　　身披六字阿弥陀
　　弥陀净土近此身
　　阿凛感恩乐自在
　　感恩自在南无阿弥陀佛

　　我记得大哥在越后投宿时模仿我的歌，滑稽地唱起来的样子。

十一

若狭三方的单手观音像，据说是弘法大师所作，因没有右手，以单手姿势站立。关于这座观音像，我在越中、加贺已听说、记得。因其单手的姿态，是身体残疾者的守护神。据说一进观音堂，立像旁满是附近来的残疾人用过的石膏绷带、丁字拐、义手、义足、偶人，堆积如山，一年到头都是闭门祈祷尽快痊愈的人。还说失明者若领得神符、洁身斋戒、念佛百万遍，则十名失明者中有一人可开眼视物。因此，若路经，也希望前去参拜一次单手观音。因我听平太郎说往南去，就由阿玉牵着一直往南面赶路。

我和阿玉在黑川地藏堂相遇正好一个月时，投宿于越中庄川村的布田野、一个叫"在"的小村子。微微看得见的阿玉在村口沿畦川的阿弥陀堂留下我，说声"阿凛，我去村里转一下"，就出去了。她不在时，派出所警官来询问了我。还是问平太郎的事情。我不可能知道平太郎的行踪，但派出所警官还是一个劲地问。他说："因为你眼睛不好，所以鹤川矶吉还会来找你。如果他在你身边出现，你要马上报告派出所。"我正经地听他说，其实从这时起，我有点儿明白平太郎被警察追寻的理由了，所以觉得皮靴声、佩刀声好可怕，仿佛是从地狱来取火的。

失群盲女艺人阿凛,因进入富山县之后仍被警方盯着,害怕了。

在阿凛而言,来黑川地藏堂的、长冈警察局的今西万三郎的声音言犹在耳。十月十二日,与别所彦三郎在巨浪岩滩的海边分手,随即遇上平太郎,平太郎冲进松树林那一刻的恐惧不安复苏了。今西当时似乎想说平太郎加害了别所。如果在那里获悉了真相,阿凛会更明白些。但今西什么也没有说,吞吞吐吐,只说如果平太郎来了要报告。

阿凛想,平太郎那天威胁了别所。别所去警察局告了他。一定就是这样。于是,警方才这样子追查平太郎的下落。这么一想,她就后悔自己品行不端,哪怕只是把身子给了别所一次。这是双目失明的阿凛最大的领悟了。她并不知道真相,必须再过两年以后,她才知道真实的情况。

微微看得见的阿玉,想来应该是肤色白皙、胖乎乎惹人喜爱的人。她虽与阿凛同龄,却有不像盲女艺人的姿态打扮。虽然她的活动不为阿凛所知,但从她人缘好、不掩饰卖身就可以看出来。

投宿布田野的傍晚,因是十一月底了,草丛中一片虫鸣,阿玉此时带了村里的年轻人回来。

"是谁?这里有人嘛。"

那年轻人来到堂前,窥看里面。

"她是我的朋友。"

阿玉说道。

"说好的不是这样的呀。你竟让朋友待在这儿,没有跟我约定的那回事了吗?岂有此理。"

看来那男子二十七八左右,说话大声,带着鼻音。

他大概是跟阿玉约好,要在这个堂亲热的吧。裹着垫布睡觉的阿凛爬起来,对不作声的阿玉说道:

"没关系啦,你们用这里吧。我要出去一下。"

阿凛说着,来到入口处,说道:

"这位客人,您请进吧。我出去一下。"

阿凛去摸草鞋。这时,阿玉把那双草鞋放在她手上,说道:

"不好意思啦,阿凛。请你原谅,这是约好的客人。"

阿玉拉男子的手走进堂里。那男子说道:

"她看不见?"

他指阿玲。

"看不见,什么都看不见啦。没事的。"

阿玉笑着说道:

"你别那么猴急嘛。我朋友关照借地方给你,你得赏钱好好表示一下,明白?"

这男子不情不愿地给了点什么,阿凛对阿玉的思虑周全很吃惊。之后,仅仅一会儿,就听见阿玉发出的呻吟声和男子动作猛烈的喘息声。男子一完事就走了。随后,阿玉打开包裹,对还在外头的阿凛说:

"过来这里吧,阿凛。瞧他那嘴脸,请你吃这个赔罪,是他给的红米饭。"

阿玉还烧火、沏茶。阿凛吃了阿玉给的饭团,她又被警察盘问,心绪不佳,一天也不想待在这个堂里。但阿玉住了三天,每逢阿凛外出,她就带男人进来,她挣钱不靠客厅演唱、上门卖艺。

　　阿玉跟我不同，她没了男人就活不下去。据说她在长冈那阵子，曾经来高田的报恩讲，一起投宿盲女艺人旅店，但我记不得了。也有女人是喜欢男人的。可以说，这是她自己的命吧。阿玉口口声声说："阿凛啊，我没有男人活不了的。如果不能跟男人睡，我宁愿死掉。你觉得我是个任性的女人吧，可我也没办法。也不是我不好。是生出这样子的我的爹妈不好。"我想象她轻率地撇着嘴的模样，想起在高田"里见"的日子：受责打而哭的兼子和继子，即便被师傅狠揪头发，也要天天晚上出去玩。没办法的。是父母给了这样的命。我马上就理解了。我父母还给了我叫"平太郎"的、亲切的木屐匠。可我怎么也遇不上这位平太郎。离开布田野的堂时，阿玉像平常那样问："阿凛，要写下你的歌吗？"我拜托她："请写吧。"如果平太郎来到这个堂、住下来，他肯定就会看见这首歌。阿玉是怎么在破壁上写下那首歌的呢？我不曾看过，歌是这样的：

　　　　来这里的是阿凛
　　　　苦海中人生死流转
　　　　身披六字阿弥陀
　　　　弥陀净土近此身
　　　　阿凛感恩乐自在
　　　　感恩自在南无阿弥陀佛

大哥在越后为我引路时，饶有兴趣地哼着这样的怪曲子，我就记住了。即便警察看见了这首歌，也不会想到这是我告诉平太郎，我在这里住过的暗号吧。阿玉对我很好，她写完了，就大声说："阿凛，写好啦，我们出发吧。"我就在她身后，拄竹杖跟着。去哪里？不知道。我走在黑暗的世界里，去引路人的目的地。不过，我对阿玉说，一直往南吧。去南面的话，可以见到若狭三方的单手观音。早点到若狭三方就好了。于是，阿玉就说："阿凛，我们不是鸟儿，飞不了哩。"多少个晚上，我梦见像鸟儿般有了翅膀，可以飞去任何地方。

十二

　　大正八年（1918）十一月十日，富山县警察本部来了宪兵中尉袴田虎三，他属于鲭江宪兵分队。他与来自县里的搜查部长田川宪治和这里的刑警中西诚开了会。袴田扁下颏，脸色青黑，蓄小胡子，一眼看去像个教员，唯有目光敏锐。

　　袴田出差来的目的，是追捕大正六年（1916）四月二十三日的逃兵岩渊平太郎。岩渊是鲭江步兵联队的陆军一等兵，联队归鲭江宪兵分队管。很少遇到宪兵来访的田川，注意到袴田说话时，语调很有特征。田川了解了案子的大概情况，当听袴田说去了一趟新潟，那边发生了杀害卖药小贩的人，可能就是袴田追踪的岩渊时，表情僵硬起来。

　　"早就收到情报，说岩渊躲在新潟县下面。我们呢，也跟高田分队取得联系，一直进行尽量秘密的追捕。然而进入十月份，听说了柏崎的凶杀案，都吃了一惊。嫌疑人鹤川矶吉有轻度结巴，身高五尺七八寸。据说他肤色浅黑，有工匠的气质。这就跟岩渊平太郎很像了。我们马上排查了认识的小贩，基本上确认了鹤川的嫌疑。这家伙当天说是去系鱼川，离开了'俵屋'。但他没有在系鱼川的山王祭摆摊。究竟去哪儿了，没有消息。柏崎那边说，恐怕是知道追捕已临近，在县下面潜伏起来了吧。"

　　田川说道。

"所以呢，我们也彻查了大街小巷。像刚才说的，盲女艺人阿凛找到了，但卖木屐的找不到。已经不在富山了吧。"

"因他拉着车子，应该挺醒目的，所以向各分局派发了画像。奇怪的是，竟然到今天还没有目击者。"

中西也说。

"据说盲女艺人说鹤川是亲哥，她是作伪证了吧？"

"应该是伪证。"

袴田说道。

"可麻烦的是，那女的是全盲。自出生就没见过家里人，由此说来，岩渊蒙骗一个瞎的女人，做了哥哥……这也是可以设想的。即便她本人没打算作伪证，结果却成了伪证，有这样的可能性。"

"的确如此……"

中西点点头。

"长冈警察局的今西提取了高田盲女艺人师傅的证言，这个阿凛姓柿崎，六岁前生活在叫'境'的、越中和越后交界处的海边渔民家庭。她从那里被带来高田，说是在明治二十九年（1895）。综合盲女艺人师傅的话，阿凛出生在接近若狭小浜的佛谷小村。传说家里有一个哥哥，此人在父母死后马上离开村子，有一段时间待在京都，说是在鞋铺里当学徒。但是，据说阿凛没跟高田的师傅说自己有这么一个哥哥，在做鞋子。有这么个失散的哥哥、想找回来，而在东川偶遇的男子——一个木屐匠正是她哥，此话说来也太凑巧了吧。"

"的确……"袴田接着说，"直截了当地说，不过是萍水相逢的岩渊平太郎，同情起盲女艺人艰难的浪游生活，为她引路。一个女人，有人对她好的话，可能就会说起自己的身世。岩渊听了她的故事，当场就冒认说：我就是你那个哥哥。或者说，他说服了盲女艺人，硬要她称自己是哥哥？无论是哪种情况，他跟这女子长途旅行，不妨认为，二人之间有了相当的感情。摊贩们的证言也提到了这一点。我不能放弃岩渊与阿凛共谋伪证的说法。"

田川和中西都为之动容。宪兵的推理，的确在失明女子的艰难旅途上投下了黑影。

"总而言之，要跟踪阿凛，别让她离开视线。岩渊的出现只是时间问题，他跑不掉的。"田川干脆地说。

袴田谦恭地说："在此拜托了。"然后又说："这好像是抖陆军的丑了，这阵子，我们为逃兵和拒服兵役挺头疼的。这也是大米骚动的影响吧。进入大正八年（1918），逮捕反战运动家也很严厉。潜入地下的家伙，应该是到地方来了。所以，反战运动的地下组织，在农村顽强地扎下根，岩渊可说是它的雏形。"

"岩渊何时逃走的？"

"是大正六年的四月……那家伙出生于大圣寺，少年时移居若狭，在大饭郡青乡村应召入伍。四月初因不服从安排被关禁闭，在四月二十三日深夜毁坏门锁，逃离兵营。是个狠家伙。但是，还有类似的案子啊。最近，在准备出兵西伯利亚的师团里，至少有两三人当了逃兵，令人头疼。我这里还有一个案子，虽然以本人自杀了结，但事关国民的士气，追捕都在秘密中进行……真是困难重重。反战活动家要是钻进了秘密住所，完全查不到。自从大米骚动以来，还有些村子完全不配合追捕。"

在调查室的这次谈话，说明了针对岩渊平太郎的搜捕网的紧张。但是，以秘密搜捕为原则的陆军，到了派人到各县警方、要求配合追捕的阶段，平太郎想逃脱应是不可能的了。

警察装作若无其事地盘问投宿庄川村布田野的阿弥陀堂的阿凛，其实也是执行上头的这个指示。然而，即便过了十一月，进入十二月，也没抓到岩渊平太郎。十二月，盲女艺人阿凛进入石川县，投宿今江潟的浜佐美的地藏堂。

浜佐美的地藏堂在浜的附近。这里是从安宅关卡沿海边前往柴山潟途中的松树林里。刮风的日子，从早到晚浪涛喧哗，无人堂里头尽是砂尘，外表看不出，其实是连门也没有的荒凉小屋。阿玉知道柴山湖边有一所叫"越前屋"的旅馆，带上我去演出三天，客人都是来附近温泉的城市人。大概盲女唱歌对城市人挺稀奇的吧。他们爱听我唱《野良三界》《米山调》《越中小原调》，等等。我们拿了小费，回来时已经过了八点。用手拨开地板上的砂尘，铺上破布，跟阿玉躺下来。我们正要入睡时，外面有人打招呼："盲女艺人姐姐，已经睡了吗？"阿玉起来去看外边，说是一个挂杖的老婆婆牵着一个五六岁的女孩站在那里。阿玉问："是谁呀？这村里的人吗？"老婆婆上前来到入口，郑重地鞠一个躬，说道："盲女艺人姐姐，我有事情想拜托，就过来了。我牵着的孩子，是我的孙女，她生下来就是瞎的，在我儿子去西伯利亚前，在家里养得好好的。可我儿子在黑龙江一病死，儿媳也得了病，今年春上也撒手人寰，孙女就成了孤儿，到了我得领养的地步。

她是我孙女，我悉心照料她，但我也并非长久之身，一想到将来我就睡不着。我想哪里有教按摩的人，因为附近有温泉旅馆，她学个技术在身可以自立。可想是这么想，才六岁的孩子，也没有人家现在就养着她。正不知如何是好，今天，一个熟人来说，"越前屋"来了盲女艺人姐姐，演唱了热闹的三味线。我想盲女艺人姐姐也像这孩子一样看不见的，从小就跟师傅学艺，说不定能求你们的师傅带她，我就自作主张过来了。我明知你们在休息也闯进来了，请看一眼我的孙女吧。"

说是看看孩子，可因为是晚上，只能隐约看到一点点的阿玉也看不清那孩子的脸。我侧耳倾听阿玉怎么回答，她实话实说："老婆婆，我听明白了。老婆婆您不知道，我们盲女艺人从小跟师傅学艺，到学成所受的苦，究竟有多少！其中的辛苦，实在是世人难以想象的。尤其越后长冈这么寒冷的地方，靠近城市的姑娘承受不了吧。不过说是这么说，假如您一定要她跟师傅，我写封介绍信也行，可您也知道，我只是个失群盲女艺人，我推荐的孩子师傅收不收，实在不知道。"老婆婆拼命恳求道："我明白了。盲女艺人的艰难我也听说过，这孩子也有思想准备了。千万请向长冈的，培养你们的盲女艺人之家推荐吧。"她的声音听起来那么恳切，又可怜在一边听着这番话的失明孩子，阿玉很有心要帮这位婆婆和她的孙女，就指点了越后长冈的盲女艺人之家，说介绍信会预备好，请改天来取。老婆婆又牵起孩子的手，千恩万谢之后，原路回去了。

这件事体现了在没有救助设施的当时,失明孩子的困境。老婆婆牵来的孩子,也可说是战争的牺牲品。

"世上有各种各样的孩子啊,阿凛。"

阿玉目送老婆婆领着失明孩子朝北面走了之后,重新躺下。

"平日里想,咱们这样的失群盲女艺人,是活在最底层的虫子,可是看她们那般恳求,说明我们底下还有虫子吧。阿凛,原以为我们是史上最不幸的,其实,还有更加可怜的人啊。"

"你说得对。"阿凛也说道:

"我听了她的话,觉得那孩子跟我一样。"

"天生双目失明的话,什么也不知道啊。我们小时候能看到一点点,至少记得太阳公公。阿凛,完全看不见的人好可怜啊。"

阿玉说完,随即发出了鼾声。

酒劲起了些作用吧,我跟阿玉不知何时睡着了。早上起来,我们背起行李和三味线外出,今天还往南走吧。我们从海边的路走去尼御前岬,前方传来了人声,有汽车驶过的声音。怎么回事?发生了什么事情?我们带着不祥的预感,走近了人声时,一个年轻人的声音说:"咦,盲女艺人来了嘛。"他跑过来,问:"你们是盲女艺人吗?""对,我们是盲女艺人。"阿玉说着,把我拉过来,我不由感觉她跟我一样,有一种不祥的预感。这时,那年轻男子的声音说:"哎,有可怜的死人哩。就在那里,浮出了溺水的尸体。一个瞎眼的五六岁女孩，跟一个六十二三岁的白发高个老婆婆。瞎眼女孩可能是她孙女吧，两个人用绳子把身体紧紧地绑在一起，在尼御前那边跳海了吧。盲女艺人，你们好好活下去吧。看见可怜的溺水尸体，我真是吓坏了。"听那男子这样说，我和阿玉异常震撼，好一会儿呆立不动。

　　世上有各种各样不幸的孩子，但被奶奶抱着去死的、瞎眼女孩的短暂生涯，实在很悲惨。这时，我对阿玉说："为什么你都说了帮她们，那老婆婆还要去死呢？阿玉你并没有说不介绍她们去长冈盲女艺人之家呀。为什么都这么说了，她们还要去死呢……"我能想到的，是这些话，也有老婆婆软弱的原因吧。后来跟阿玉说起，她听到我很生气，就说："越后的师傅是好师傅。我不知道里见艺班是怎么教的，我们的师傅总是说，失明的身子，是父母给的恩惠，使我有幸不看明眼人生活的地狱，要感谢父母……"我听了这话，看不见的眼窝里也渗出了泪水，唱起了跟里见的师傅学的、父母之歌。

　　　　是谁走过那里？
　　　　苦海中人生死流转
　　　　身披六字阿弥陀
　　　　弥陀净土近此身
　　　　阿凛感恩乐自在
　　　　感恩自在南无阿弥陀佛

十三

　　柿崎凛抵达若狭三方的单手观音堂，是大正十年（1910）三月七日的事情。
　　三方位于若狭小浜与敦贺的中间，是从海边往山里头去的谷底。阿凛在"口述"中不时地提及这里，这里供奉的是只有一只手的观音，据传是弘法大师一个晚上制作的。其实，在若狭一带，这尊观音叫作"御手足堂石观音"。大概因为是石雕，所以这样叫吧。所说的只有一只手的像是立像，高约三尺。
　　台基石之上，观音慈悲为怀的脸庞略微朝下，安静地注视着拜堂前。在它旁边，也如阿凛的"口述"所说，堆积如山的是残疾人献纳的石膏绷带、丁字拐、人偶、勺子、手杖之类。这些东西恐怕是痊愈的人感谢这尊观音的灵验，献纳在此，誓愿永不再成为使用这些器具的残疾人吧。大师在巡游地方布道之际，挂锡在这个堂，一夜之间雕成这尊石佛，但为何还有一只手未雕成便离开，原因不明。
　　门前村流传着好些灵验的故事。有跛脚的人经七天闭居祈祷，患处康复；有失明的人经十天闭居祈祷，由全盲变成略微可视物。从所传地点看，不仅是近处，也有许多人从越前、近江、京都、大阪来闭居祈祷。
　　三月份，若狭还刮着微寒的风，但是，野山之上已不再是冬天光秃的树,所有枝杈都冒出了新芽。樱也好、辛夷也好,开得早的已蓓蕾绽开,白的、红的花簇呈现着山的寂静。

阿凛和阿玉从大路拐入参道,从流淌着清浅河水的红土路走去御手足堂的路上,已有两三位参拜香客。

进入堂内,因当天正好是闭居祈祷的日子,离堂稍远的石台阶两侧,有人摆摊。而双目失明的阿凛是看不见这些的。好久以来在想象中描绘的、去南边拜单手观音,已是她们的宏愿,她们从越后路远迢迢乞讨而来,眼睛虽看不见,心中却充满了喜悦,是理所当然的。

因正好是接受闭居祈祷之时,阿凛由阿玉牵着手,加入人流中,捐了点钱,走进堂里。闭居祈祷堂与石观音不在一起,这里有一个也是单手观音的模型像,像前是木板房间,大小可铺二十张席子。周围嵌悬窗,正面置一个大铜香炉,炉身雕有莲花。炉中点燃的一把把线香冒着烟,几乎烧着起来。

从大香炉至闭居祈祷场有台阶,两旁是两根闪亮的黄铜棒,是为盲人设的扶手。扶手是自古以来经成千上万人的手摩挲而发亮而吧,把黄铜的本色弄成异样的带赤的铜色,随处都有被挖过似的孔穴。阿凛和阿玉扶着黄铜棒进入堂内。

在堂里,一条腿的人、一只手的人、没腿的人、戴遮眼罩的人、捂耳朵的人,即所谓残障的人,分别形成圈子,坐在木板房间。对于阿凛、阿玉而言,肯定看不清他们的样子。她们只听见闹哄哄的说话声、小孩子跑动声、摊贩放焰火声,如果没有燃香的味儿,也许一下子会觉得来到了某处神社的节庆。

这是十天闭居祈祷结束那天的事情，具体说，是三月十七日傍晚六点来钟。

御手足堂范围内，还映照着西斜的夕阳，树梢缭绕着乳白色的暮霭。祈祷结愿的人们后面，阿凛由阿玉牵着走下堂前台阶，正走石板路往单手观音堂去。阿凛听见熟悉的男人声音，停住了脚步。

"阿凛！这不是阿凛吗？"

她听见了，是平太郎。

一瞬间，阿凛身子僵住了，扯住了阿玉的腰带。她难以置信。

"是谁呀？"

阿玉回过头的样子。这时，又传来平太郎的声音：

"是阿凛。你果然是阿凛！"

阿凛突然感到胸口一热，她要走过去。

"怎么回事？是那个卖木屐的人吗，阿凛？你认识这样的人？"

像要打断阿玉的话似的，阿凛跑向说话声音的方向。

"哥！哥！"阿凛喊道。

"阿凛，我在这儿。是我。你果然来拜石观音啦。我觉得你会来，所以一直在这里摆摊。阿凛，阿凛！"

平太郎紧紧拥抱着阿玲。

"哥！哥！"

阿凛说着，贪婪地抚摸着平太郎的胸、腹和手。

没错，他就是平太郎。

"哥，我好想你，好想你。"

阿凛说着，跪在石板上，在平太郎脚旁痛哭起来。

若狭三方的单手观音真是值得感激的佛陀。我得以久别重逢平太郎先生。后来问起才知道，平太郎先生也一直在找我，他想我一直往南走、来到若狭的话，会来参拜这个堂吧。于是一直在这里摆摊等我。我真不知怎么感谢单手观音才好！那天，平太郎先生领着我，投宿三方村子里的旅店，跟平太郎先生睡在温暖的被窝里。阿玉为我找到了一直寻找的人而高兴，说"不枉我伴你一路走来"，她像为自己的事情一样高兴。但我跟平太郎先生一起走，阿玉则仍旧去越前方向，不回来了。之后，我就没见过阿玉了。取而代之的是从那年的春天到夏天，跟平太郎先生一路上卖木屐，走了若狭、近江、丹波、丹后。

我跟平太郎先生抵达若狭小浜的青井山下的旧盲女艺人之家旧址，是在大正十年（1910）六月二十七日，一个闷热的傍晚。我忘不了的。穿过三丁町的尖端，走在海边路上时，前后都传来了佩刀磕碰声和皮靴声。我一瞬间吃了一惊，松开了跟平太郎一起握着车把的手，留意起声音传来的方向。但为时已晚，冲过来的人给平太郎先生铐上了手铐。一个声音说："你，就是岩渊平太郎吧。"平太郎先生没作声。当时，他只对我说了声"阿凛"，就被带走了。之后，我也被警察带走，没上手铐关在镇上的警察局里。我被带上火车，来到鲭江的宪兵队，宪兵大人你们也知道的，是在被带走的第二天。

逮捕岩渊平太郎的，是宪兵中尉袴田虎三。袴田从前一年起，就布置小浜的警察监视小浜的盲女艺人之家。

警方之所以知道阿凛和平太郎来了，是青井山下的酒商串木田市松的妻子亲眼目击了，打电话报告的。这位妻子知道自家后面的高台上的旧邸宅从前曾有个叫阿中的盲女居住，她在这里教盲女们三味线，不时也有人来问起那邸宅，平日里就留意了。半年前起，这位妻子听了常来监视的小浜警员的话，保证配合警方。据说串木田酒商从军方和县里领取了不菲的赏钱。

十四

岩渊平太郎被关在鲭江宪兵分队调查室时，已非常憔悴。长期逃亡生活的辛劳，深深铭刻在他额头的皱纹上，他看上去比他的年龄苍老一倍。他双眼凹陷，下颚瘦削，一副生病的样子。

宪兵盘问了这位岩渊，想要他坦白交代在越后柏崎市杀害卖药摊贩的事情。岩渊保持沉默，一言不发。袴田气恼而无奈，让部下一再鞭打、浇水，但这个顽强的汉子还是闭口不说。

袴田来到拘留在另一室的盲女艺人阿凛处，先声明：

"若有隐瞒，你也有罪。问你什么，你都要原原本本回答。"

然后他问道：

"大正八年十月十二日下午三点，你在柏崎旅店'俵屋'，被别所彦三郎带去巨浪岩滩的海边。这事没错吧？"

"对，我去了。没错。"

阿凛回答道。

"据说当时别所邀你去富山，你没去。你哥岩渊平太郎那天在柏崎的警察局，你担心他的安全，而且觉得不打招呼就去系鱼川不好，所以你没去。这没错吧？"

"没错。"

阿凛答道。

"但是，之后，别所说去车站，就分了手，随后你应该就在那片海边见了平太郎。"

"……"

"怎么样？你要是撒谎，我可不答应。"袴田追问道。

阿凛声音颤抖着说："我没见到，我是个瞎子。"

这时，袴田提高了声调。

"笨蛋！"他咆哮道，"你对我撒谎！你说那家伙是你亲哥，是撒谎！那家伙并不是你哥。阿凛，那家伙是个不履行国民义务的逃兵！"

"……"

阿凛一动不动，看不见的眼睛探寻地朝向宪兵的方向。

"你被越后高田的盲女艺人班开除之后，绕到信州，过新井，借住东川的堂时，遇上了那家伙，对吧？"

"……因为事情太久了，我已经记不得遇见哥哥是哪一天、在什么地方。即便我想起来那是在一所堂里，我也不知道是什么堂。我……什么也看不见。"

"笨蛋！你看不见，为什么说那家伙是你哥？你别想愚弄我！"

袴田呵斥道。于是，阿凛揉揉眼睛，平静地说：

"宪兵大人，看不见的东西，就是看不见。一年前也好，两年前也好，对我来说，都是黑暗的世界，所以我不知道怎么区分一年前、两年前。那样的日历、年、月、日，我都没见过。"

袴田更加光火，对阿凛怒骂道：

"现在在问你重要的事情！凭你的证言，自称你哥的岩渊平太郎，处于生死关头。你就站在这个关口上了！你老实说。

如果你作假证,你就犯了帮助逃兵的罪,是重罪!"

袴田威胁道。这时,阿凛像被击垮了似的,有气无力地说:

"宪兵大人,我不明白您刚才说的关口。我不明白世上会有什么关口。即便人家说:这边起是路、这边起是河,现在起是早上、现在起是晚上,时间也好、年也好,我从没见过关口。我是个瞎子。人的脸、手脚,我都没见过。没见过的东西,我不该说见过。"

"混账!你跟我绕啥弯子,你这臭虫!"

袴田用佩刀敲得地板笃笃响,好像随时要动手殴打阿凛似的。

"你撒谎!有人看见你跟拉车子的男人在松树林里。快坦白!"

他咆哮道。阿凛哭着说道:

"我没看见平太郎先生。我看见的,是平太郎先生的心。一直以来,我都把平太郎先生当成亲哥哥,无论他怎么关照了我,我一次也没有看见过这位平太郎先生的脸和模样。我看见的,是善良、温和的平太郎先生的心。"

袴田对伏地痛哭的盲女束手无策,他问部下:

"这女人眼睛真看不见吗?"

"应该是吧,"部下迟疑着说,"带她来这里的时候,在门槛处放了根棍子试了试她,她没看见——是真瞎的吧?"

袴田把部下带出门外。部下问怎么处理阿凛,袴田吼道:

"先扔一边!"

岩渊平太郎坦白说出在柏崎的巨浪岩滩海边杀了别所彦三郎,是在那件事情之后,过了三十分钟后的事。动机是袴田设下一计，弄了一份假的阿凛证言放在他面前。袴田的计谋成功了。

平太郎想到阿凛已经开口，便爽快地说出了事实。还就逃离鲭江步兵联队的理由，坦白了自己是顶替大圣寺站前五金工业的社长、寺田市兵卫的长子当兵的事实。他声嘶力竭地喊道："自己是为钱而被征兵的，所谓'国民皆兵'是骗人的！有钱人就能免掉兵役，但是，只有穷人逃不掉。战争就是牺牲穷人！坚决反对出兵西伯利亚！"

袴田当然叫部下揍他，让他住嘴。过了一会儿，平太郎平静下来，说自己愿意服刑，请求让他见一次阿凛。案子已经解决，袴田中尉松了一口气，就命令部下：

"反正就是个瞎女人，看不见的，让他们最后见一面吧。"

袴田的部下让岩渊和阿凛相见，隔着阿凛房间的格子门。

二人相距两米。但是，岩渊憔悴的面容、样子，阿凛都看不到，只听见他的声音。

"阿凛，"平太郎说道，"是我。有一件事，我必须跟你道歉。我，对你……"

平太郎很难过地说："……撒谎了。阿凛，我说过，这世上我没有亲人了，就孤零零一个人，这不是真的。我有一个妈妈。在大圣寺的村子里，有我出生的家，妈妈一个人在那里过日子。我没对你说这件事。请你原谅。我向你道歉……"

平太郎只说了这件事情，就说："请你原谅，阿凛。"

于是，阿凛抽泣着，说道：

"哥你说什么呀。哥有父母，这一点也不奇怪。我也有啊……我虽然也有父母，可没有比今天眼睛看不见更伤心了。

我想看看哥。"

平太郎一瞬间屏息看着阿玲。

从阿凛失明的眼窝里,渗出了一颗泪珠,不一会儿,泪珠拉出一条线,流到脸颊。平太郎看见阿凛流泪了。

  来这里的是阿凛
  苦海中人生死流转
  身披六字阿弥陀
  弥陀净土近此身
  阿凛感恩乐自在
  感恩自在南无阿弥陀佛

阿凛的歌声传到了平太郎耳中。但是,并不是坐在那儿的阿凛在唱。她脸颊上的泪痕在闪烁:

"哥!哥!"她说,"父母谁都有的,父母谁都有的。我也有。"

阿凛不停地说,双手合掌。

会面时间已到,宪兵冷酷地带走了平太郎。阿凛无从知晓平太郎自那以后被带往何处。

鲭江宪兵分队长畠山中尉把陆军一等兵岩渊正太郎带回福井宪兵队司令部,是在第二天。

岩渊正太郎要接受军法处置,而处理结果则不详。在当时,关于违犯军法的处罚,都是秘密进行的,不向社会发布,更不用说登报纸。在平太郎被押往福井的那一刻,盲女艺人阿凛被释放出宪兵分队拘留室。阿凛没有伴。她背上三味线、随身的东西,再次孤独地上路。

　　长久以来,我都是一个人上路。靖江宪兵分队是个啥地方、有些什么人,我都没看见过。只是到现在我还记得,我在一个冷冰冰的房间里住了十来天,跟平太郎先生只说了一次话。平太郎先生当时说自己有妈妈时,我真的很高兴。平太郎先生也被跟我同一位妈妈拥抱过吧。可是,后来见到里见的师傅,说起这件事时,师傅说:"小阿凛,那是那个人的亲生妈妈啊。他对你隐瞒了亲妈还在的事。他对宪兵队招供了之后,才为撒谎的事懊恼,想对你说出真实情况。一定是这样的。"我自从听平太郎先生说妈妈真的还在,就觉得那位真的妈妈,肯定是我的妈妈,至今对里见师傅的话还难以置信。我这么想:如果连我的妈、哥的妈都不是一样的,世上还能有别的怎样的妈呢?我回想起从前,别所在柏崎的海边曾说,哥寄钱出去了,父母在某个地方。那就算平太郎先生给父母寄了钱吧。我们也跟平太郎先生一样,虽然没寄钱,平日里都在心里头拥抱着父母。我的父母,就在我的身体里头。没错……就是如来佛。我就是凭着那位如来佛——我父母的力量,才一个人长久地漂泊也不生病,幸福地生活着。

　　失群盲女艺人阿凛的"口述"至此结束了。
　　阿凛的"口述",在福井宪兵队司令部的调查室被发现。读了这份"证言"的人,可以了解大正"出兵西伯利亚"时的农村情况。那段暗淡的时光,实在催人泪下。

有明故事

一

　　有明的阿民居住的家，位于奥信浓的北阿尔卑斯的山麓。前几年，我想看看此地用天蚕茧丝织成的，叫作"山茧绸"的和服料子，由松本市找懂织物的熟人领着，走了趟有明村。这地方很偏僻，让我颇意外。搭乘从松本至系鱼川的大系线约三十分钟，在"穗高"站下车之后，还得步行五里路，才到阿民的村子。这个叫"有明字段"的地方，虽进入了穗高町区域，但恐怕说不上是町，是穿过了一座座山的深山沟。

　　有明山号称海拔两千两百米，在高山多的北阿尔卑斯不算太高吧。从行驶在松本平的火车车窗眺望有明山时，可见山麓重叠着形状好看的小山，其山脊起伏富于变化，唯有高出一截的有明山山巅，安稳如倒扣的浅底杯。蝶山、大泷山、有明山妨碍视界，遮挡了由南至北直抵云霄的阿尔卑斯群峰：乘鞍、烧、穗高、双六、野口五郎、燕等等。眼前唯见黑乎乎的有明山。阿民的村子，更在这有明山的深山沟里。

　　这条山沟沟里，随着阿民去世而不传的小菅家已不存在，只剩下茅草房顶旧屋，像一间荒废的柴房，唯有腌菜房似的小杂物间仍存在。有一大片可养山蚕的栎树林，但因为欠缺管理，栎树长得过于粗大，阿民住过的地方笼罩在大栎树的阴影下，显得晦暗。荒凉的寂寞感扑面而来，叫人吃惊在这么阴湿狭小的山沟里，真有人居住过吗？阿民的丧礼，说是于昭和二十五年（1950）在今改称穗高町的原有明村的菩提寺念照寺举行，但因为寺内墓地没有阿民家的墓，据说把遗体埋在了从前的宅地上，把那里当墓地了。带路的熟人钻过枝叶浓密的栎树林，下到谷底，过了清澈的谷川上的小桥，领我来到家宅旧址。在长着荠菜的荒废房屋里侧，来到当阳的一个小土堆前，他说："这就是阿民的墓。"细看时，荒草萋萋的土堆中，的确有墓标似的东西。这一天时值秋末，开着一大片柔黄花。那墨书"小菅民之墓"的木牌历经风吹雨打，字迹也已模糊。无法言喻的寂寥。看了墓地归来，顺便也窥看一眼旧屋里头，那光景恰似"幽灵古宅"一词，令人毛骨悚然。但是，木板房间及曾是拉门的门槛等，还保留着垮塌的家的模样。在一角有踏足的土间，有砌了红土灶台的遗迹。熟人指着那个灶台，说这灶台是阿民用草木来染自己纺的线的。那里从前应是搁着一个染锅。灶头烧过的圆口向着天空，高高隆起，灶门也还是从前的样子。草木染色，是熬煮全部来自自然的草木叶子，作为原料使用。例如茶色用栎树叶、红色用红花、紫色用紫草、鼠灰色用矢车菊、黄色用黄柏，等等。阿民住在这间独屋里，还从山茧取丝、染丝、纺织丝绸吧。看着旧灶头遗迹，仿佛面对未曾谋面的女子阿民，一时难以作别这荒废的屋子。然而，再从旧屋走下约三十米低处，看见丢弃着长了青苔的水车部件。看来那里是从前架设导水管之处。一问，答称此处曾有水车小屋。看来是从流经母屋旁的小河里，通过竹筒引水来此处，作为动力推动水车，阿民转动纺车纺出线来。站在小屋遗址看山谷，仿佛风中响起了纺车转动的声音，眼前可见水流推动水车缓慢转动。河底很深,透明的水处处形成飞瀑,发出响声。这条河从有明山中流出,注入中房川。是阿民二十八岁去世前,用来煮饭的河水,是染纺线的水。这山谷的水曾润泽阿民的生活。房屋已经腐朽,丝毫没有昔日踪影了,但也许可以说,不变的唯有这有明山谷的水吧。熟人说,无论穗高镇遭遇多么干旱的年头,有明山谷的水都不曾干涸。

"阿民的母亲,究竟为何在这样的山沟沟独屋住下来……村里人没一个知道。听说她是个乖僻……的怪人,可一个女人,住在这样的山沟沟里,不是一般人做得到的。不过,所谓住惯就好,阿民的母亲在这间独屋纺织,向远道从西阵或者冈谷来收购的人出售布匹,以此维持生活。还生下了独生女阿民……可爱的女儿……阿民长得像母亲,脸庞很漂亮……唯有性格继承了父亲,温和内敛,是个好姑娘。"

就这样,熟人开始说起了阿民和阿民的母亲。

二

阿民五岁时，父亲丰藏死了。在阿民的记忆里，活着的丰藏，是一边拉响鸣器驱鸟，一边在栎树林里走动的样子。丰藏是小个子，身高勉强够五尺，但有一双耳垂大的福耳。据说他肤色白，五官平板，模样有点儿滑稽。而且他沉默寡言，在阿民的记忆里，她从没见过丰藏恶声恶气说话的样子。即使收购人员、兜售染料的人来了，一般走到门口来应对的，是母亲阿信，丰藏躲在里头不做声。看来丰藏讨厌见人，一般有人来时，他就逃走似的爬上后山，一门心思在栎树林里驱鸟。所谓"驱鸟"，是赶走害鸟的活儿，即驱赶灰椋鸟、麻雀、乌鸦、伯劳、鹰等。当山上没有鸟食时，鸟儿便盯上了天蚕茧里的蛹。在这里，得解释一下山茧才行。

有明一带的农家和伐木人家，把纺织山茧绸作为副业。而作为山茧绸原料的茧丝，是叫作"天蚕""柞蚕"的野生蚕结的茧。一般把"蚕"叫作"家蚕"；说到生丝，就是指从家蚕取的丝。但较之于家蚕的丝，从天蚕、柞蚕取的丝称为"山蚕丝"。山蚕丝比生丝光泽强，即便与生丝放在一起染，也能染成不同的浓度。另外，山蚕丝也更有韧性。所以山蚕丝作为呈现日本织物多变之美不可或缺的丝，一直以来很受珍视。一般说到"丝绸"，固然是生丝纺织的东西，即便同样是在信浓纺织的丝绸，称为"上田绸"或者"饭田绸"的，是用家蚕的绢丝生产的。然而所谓"有明绸"，则既有纯山蚕的绸，也有普通的绸混织山蚕丝，因而富于变化。如前述，因为山蚕丝染色不一样，韧性也不一样，所以同样用草木之色来染，其布匹产生独特的底纹，与人工形成的格子纹或者条纹相比，呈现有层次的纹样。在阿民活着的时候，日本也步步深入战争，因此而产生的悲剧，难说没袭击这山谷里的阿民的家。说来这战争时代，是日本丝织品烟消云散般沉滞的时代。丝绸之类的豪华织物被视为奢侈品，生产受控制，所以在市面上消失无踪。但是，阿民一家顽固地坚持纺织这种丝绸。这固然有生活来源上的理由，而无论怎么打仗，京都、长浜也总有喜爱此物的商人，私下里来收购。在战时，不事张扬。栎树林表面上作为芋田耕种，但不中断养山蚕，私下里纺纱。到了战后，看到绢复活了，尤其是法国时装展上山茧织物很受欢迎，日本的织物也出现了崇尚混织山茧丝衣料的倾向。制造者在织法上运用技巧，研究了底纹的变化，时至今日我们也能见识山茧绸了。在这个故事开始时那阵子，有明亦仅有两三户人家以手工副业方式纺织丝绸。阿民家的丰藏、阿信夫妇可说是为数甚少的纺织丝绸之家。阿民一家与其他任一家庭的不同之处，是父母将一年的大半致力于养山茧和抽丝、纺织。这也是理所当然的，他们独居山沟沟中，说到耕地，能种植芋头小麦的田地就一点点，所以可以说，唯有生产织物是过日子的办法吧。

　　天蚕和柞蚕大致上相同，但天蚕被称为"山子"，一年只结一次茧；柞蚕则结两次茧，收茧也就多，所以两种蚕都有饲养。天蚕、柞蚕都是六月份在栎树叶上结茧。四月中在栎树上拴上蚕卵纸，在蚕卵纸上变为蚕的天蚕、柞蚕，不久就吃起了栎树叶子，一天天长大。到六月开始结茧。将这些茧加以干燥杀蛹，或以大锅煮使之成丝绵、进行抽丝；或以土锅煮，直接纺纱，生产织物。在京都的西阵或长浜，也有丝绸商人专在外面跑，做收购这种山茧丝生意的。其中不少生意对象，就是像有明这种，用草木自己染丝纺织，作为布匹出售的家庭副业者。据长野县南安昙郡志记载，在穗高町字有明的荒原上种植的栎树林，始于约二百年前的天明时代。作为山蚕丝的产地，可能是日本历史最早的了。

阿民看见丰藏挥舞鸣器驱赶鸟儿的样子，是她四五岁的时候。丰藏总是麻裙裤配洗褪了色的号衣，手巾缠头。他就这身打扮，从早到晚在栎树林里走动，让一挥动就嘎达嘎达响的鸣器响个不停。栎树林里，蚕儿们吃的叶子，是非嫩枝鲜叶不可，所以栎树长大了就要修枝。树干大体留个五尺来高，与人的身高差不多。个子矮的丰藏时而被栎树的嫩枝鲜叶遮蔽，时而冒出来。阿民跟在父亲身后，在伯劳或灰椋鸟飞来的季节里，从早到晚驱赶鸟儿。这些鸟儿熟悉了鸣器板子的声音后，即使父亲跑来跑去也不逃走了。"嗬，嗬！"丰藏沙哑着嗓子喊叫。睡在山茧里的蛹，似乎最为乌鸦所喜爱，一不盯紧，漆黑的鸟群一下子飞来几十只。以栎树林里的茧为目标扑来的大群乌鸦很骇人。那种时候，丰藏也好，阿信也好，四处奔跑一门心思驱赶乌鸦。丰藏从穗高町买来捕鸟网，绑在山谷的大树上，架设在竹竿上，想吓走鸟儿，可鸟儿还是聚集而来，不当一回事儿。

丰藏在四十八岁上，因老毛病哮喘恶化去世。阿民还记得，他死前约五天，看见了蝇蛆的蛾子，发疯似的咒骂"蝇蛆、蝇蛆"。

所谓"蝇蛆"，是一种蝇，类似盘踞于栎树叶子上的虻。天蚕或者柞蚕会吃这种虫子，这么一来，蝇蛆的卵在蚕腹中变成蛔虫，蚕的躯体变成蝇蛆的蛆的栖身之所，蚕不久就会死掉。从死了的蚕腹中，蝇蛆变为蛾子飞出，一棵栎树可聚集数千只蛾子。对于蚕而言，不仅有鸟儿为害，还有蝇蛆这样的害虫。丰藏去世之年，是这种蝇蛆大量繁殖的年头。拖着发烧的身子巡视栎树林的丰藏，脸色苍白，摇摇晃晃回到家里，说道：

"阿信……地藏谷的蚕全都变成蝇蛆了……嗬，嗬。"

丰藏说着，倒在门口，口吐鲜血。是大咯血。肺部的血全堵在咽喉，他喘不过气来了，挣扎着在客厅躺下，之后过了七天就死了。那是昭和二年（1927）六月的事。阿民清清楚楚记得父亲去世的日子。

后山的栎树林里，射入了暗红色的阳光，唯有那个傍晚乌鸦也不啼叫。乌鸦聚集而来，是在念照寺和尚来了、父亲被葬在后面空地之后。

"你爸即便死了，仍受到乌鸦追随呢……"

她记得挖坑的村里人这样说，但在阿民的记忆里，只浮现出父亲弄响鸣器、拉捕鸟网、放空枪等驱赶鸟儿的身影。那时候，母亲阿信三十七岁，可以说是女人能干的时候。阿民五岁丧父，之后是年轻的寡母一手养大的。

驱赶鸟儿的工作成了阿民的工作。母亲在水车小屋抽丝，在母屋土间煮茧、染丝，用干燥的丝纺织。经常在一旁看母亲干活的阿民，后来就继承了母亲的工作，纺出美丽的山茧绸。她得了阿信的真传，而不是学丰藏的男性把式。

三

　　母亲阿信跟阿民相像,肤色白、瓜子脸,说眼睛略显上吊是她的特征也对。她跟丰藏个子差不多,但因为她身子丰满,生前与丰藏并排走路时,看起来阿信个头大。阿民之所以比阿信个子小,是像丰藏吧。可是,阿民不像丰藏那样面孔平板,眼角向上吊、高鼻梁、轮廓清晰等,也都是母亲的特征。阿民从来自京都、长浜的收购商人口中,听说自己长得像母亲。但是,也许可以说,唯有脾性是丰藏的。不爱在人前说话的老实脾性,跟丰藏一模一样。总体而言,母亲太能干了。她让老实的父亲出去驱鸟,自己守着家,从抽丝到纺织一手包办。当经纪人单方面定价时,得讨价还价,这工作非性格强硬者做不来。尤其是在丈夫死后,她跟女儿两个人住在离有明村五里外的独屋长达十年多。如果是懦弱的女子,就做不到。

　　自从父亲死后,阿民很长时间体会着寂寞。直到阿民五岁为止,她睡觉时,身边总躺着因驱鸟疲惫不堪的父亲,大张着嘴巴打呼噜。然而,早睡的阿民即使晚上醒得不是时候,没有了横躺的父亲,也能听见土间传来纺车的声音,看见母亲在纺织的背影。阿信用两个梭子的方法织绸,叫"二丁杼",比穿一个梭子忙乱。将杼拉到跟前,这时候,人得稍往前倾。这样的姿势成百上千次自然地重复着。阿信沉默寡言,不吭一声地织个不停,仿佛是一只纺织娘虫儿。

"妈妈,妈妈,为什么住在这么寂寞的家呀?枥树林在靠近村子的地方也有,可以不在这山沟独屋里干活的呀……"

阿民到了十一二岁,就读村里的小学,她难以忍受往来路途遥远之苦,向妈妈倾诉。阿信眼角一吊,这样说道:

"有明谷的这个家,是从妈妈的奶奶那一代起,就由小菅家的人一代代住下来,是悠久而温暖的家。住进了村子的话,是有枥树林,可那些都是别人的林子,没有我们拴蚕卵纸的枥树。小菅家的枥树林,在有明的深谷里头。可这里的水比任何地方都清。从前,有明川的水常常干涸地可唯有这山谷里的泉水不干涸……用清水洗茧抽丝、去涩味,才能织出好丝绸……就说这水车,因为是在山谷里,等于有了动力。去到村子的话,就必须使用发动机了……否则必须用人工……有各种杂费支出。有明绸在有明深谷里织出来……就带有山茧的灵魂……这些话,是奶奶教给妈妈的……妈妈也跟你一样,每天走枥树林的路去有明的学校上学哩。"

这么说,去世的父亲,肯定也是入赘这深谷里的小菅家的外来男子吧。阿民孩子气地想着,问了妈妈,阿信回答得简略:"你爸爸是小千谷的人。"后来阿民才听说,小千谷是新潟县山中的镇子,那里雪大,也是出织物的老镇。丰藏出生于小千谷,究竟是因什么缘故入赘这深谷的小菅家呢?虽然她没听妈妈说过这门亲事的来历,但她长大成人之后,综合了村里人的说法,认为丰藏出生于小千谷丝绸经纪人家庭,是专门收购会津麻丝的商人。可以想象,他空闲时也插手绢丝生意,走到信浓一带来收购绢丝。那种时候偶然认识了母亲,入赘到这里来。让人觉得不可思议的,是性格柔弱、不爱见人的丰藏曾经踏足各地、收购绢丝。而从他的性格来看,也能理解他入赘如此寂寞独屋之家这件事情。

不用说丰藏,就算是女儿阿民,只要闭上眼睛想想,眼前就浮现出美丽母亲阿信的身影。她姿色甚佳,如此美貌的女子,当然不可能养在深谷人不知。像灰椋鸟聚集到栎树林一样,在男人不断来访、各种入赘的相亲里头,母亲应该是考虑了继承家业的问题,选择了丰藏的吧。或者在要强的母亲眼里,唯有丰藏适合进入家门?真伪难辨。阿民从有明小学毕业,闷在家里,跟妈妈相依为命。而在第三年里发生的事情,对阿民而言是难以忘怀的。

那是昭和十三年(1938)的秋末。阿民在水车转动的屋檐下,为了制作丝绵,把煮茧装入桶里,一只一只撕开来,取出蛹,把茧打开挂在木框上。这时,从川户上来九十九道弯的路上,有一个男子挡路一般站着。"晚上好。"那人说道。阿民吃了一惊,抓住桶边定定地看着他——来人脸色苍白、胡子蓬乱,看起来不像好人。他对阿民做了个笑脸,自来熟地说道:

"姑娘,你妈在吗?"

这张细长脸笑起的皱纹层叠,阿民看着似曾相识,她跑到正在小屋里抽丝的母亲身边,说:"妈妈,来了一个怪人。"她背靠着水车滴油的轴,眼睛盯着门口。

男子一下子露出脸,说道:

"丰藏家太太,是我呀,库造……"

然后,他又露出黄黑的牙齿,嘿嘿一笑。

母亲当时的脸，是阿民至今忘不了的。远方来客，是去世丈夫的同事，从前结伴从小千谷过来收购绢丝的桥爪库造，他曾在家里住过一两次。

"你是……库造吗？说来就来……明信片也不来一张，像只幽灵……你不是当兵去了吗？"

阿信麻利地取下挂在丝框上的丝，丢下正从土锅抽取的茧丝，拍拍膝头站了起来。

"嘿，稀客呀。请到母屋里来吧。"

说是母屋，也就是在离作业小屋三十米上游处搭建的茅草屋顶房子，扁扁的。阿信请男子去那边。阿民从背着大包袱、长着络腮胡子的男人身后跑过，看着先入家门的母亲的背影。她心头掠过一丝不安。这个男人仿佛来吃茧的灰椋鸟，闯进母女相依的平静生活之中。那年阿民十六岁。她记得，母屋旁的一棵栎树聚集着蝇蛆的蛆。

四

　　阿民头一次见桥爪库造，是父亲丰藏还在的时候。阿民想起来了。那时库造还年轻。恐怕是二十二三岁吧。他个子高，枯瘦，长着凹陷的长颚和鼻翼鼓胀的大蒜头鼻。他来找丰藏，在家里住了两三天。他要回去时，跟丰藏一起在栎树林里驱鸟。那时候仰望库造的长脸，感觉几乎比父亲的脸大一倍。被库造盯着看时，阿民感觉到难以言喻的压迫感。这位库造时隔十二年冷不丁来到了有明的家。阿民见母亲阿信亲切待他，感觉不安也在情理之中。

　　阿民跟十二年前也不一样了。十六岁的阿民已长大成人，工作上能独当一面。她感觉的怯意，与四岁时的不同。阿民既能在栎树林收茧，也能在母屋土间的染锅染丝，还跟妈妈交替使用织机，用"一丁杼"或者"二丁杼"织绸。如前所述，阿民老实，脾性像丰藏，但身材却像母亲。身子丰满微胖，乳房也丰满不下于母亲。母亲已经四十八了，欢蹦乱跳的阿民看起来比妈妈大一圈。进了客厅的库造眯着眼看长大的阿民，惊讶地说："长这么大了呀。"这位库造不知何故，没有马上离开有明谷，当晚在母屋靠里的木板房间住下。这房间仅三张席子大，阿民她们称之为"储藏室"。库造到了早上也没走的意思，阿民觉得很奇怪。她见库造拿起靠放在土间的鸣器，微微瘸着腿走向栎树林，很是吃惊。时值十月中，柞蚕的茧还在林子里。尚未收茧的地方也不少，阿民、阿信都很忙碌。所以，库造帮忙驱鸟，真是帮了忙。到了第三天傍晚，阿民提着收茧的筐子，来到地藏谷的林子，见母亲阿信一个人在收茧。附近没有库造的身影。"阿民，"母亲喊阿民，然后说了这样的话，"你觉得库造怎么样？他去打过仗，腿受伤回来了。曾待在伤兵院，没处可去……他以为你爸还活得好好的，要过来投靠，听说你爸早死了……他很吃惊……可他没地方可去，说在这里待上四五天……他不是干了什么坏事跑来的。去打仗、受了伤回来的可怜人而已。我觉得欢迎他待下来……你……觉得库造怎么样？能让他待在家里吗？"

母亲的声音听起来少有的平心静气。照实说，阿民挺不喜欢库造的，但既然妈妈已有主意，并且恳求般地说了，她也没说反对的话。

"只要妈妈觉得行，我无所谓。"

阿信笑了笑。她灵巧地运用指甲剪，剪下夹着茧的柞树叶。然后她停了手，自言自语般说道：

"那个人好可怜，即便返回小千谷，也没有家了……简直就是你爸的境况。虽然一路走做收购蚕丝的生意，但腿坏了，生意也做不成了……好可怜的人。总之打仗就是不好，打仗就是不好啊。"

昭和十三年（1938），日本这个国家终于投入大战状态了。

内外多事之秋的日本，涂上了浓厚的军国主义色彩，信浓的有明和穗高的村子，应征服役者与日俱增。阿民有时和阿信一起带布匹去松本时，从奔驰在平原的军用列车的车窗，见挥舞太阳旗的士兵的身影，就像白蚁一样。据阿信说，桥爪库造是从小千谷的家应征上战场，在战斗中负了伤，被野战医院送回来。他曾待在九州别府的疗养院，但脚伤痊愈了还得上前线。但是，他在医院等待的时候，不知何故解除了他的召集令。他马上返回小千谷，可收购蚕丝的生意已经做不成了，想工作的话，只能做工厂职工或者做挖土方的工作。脚不好的库造，这些都干不来。他去了新潟县唯一一所高田市伤兵院，学习使用缝纫机，但也不如意，正想方设法找合适的工作时，突然想起从前相熟的丰藏，就想来有明看看了。阿民听了阿信的话，奇怪妈妈何时跟库造聊过这些旧事，还对母亲对库造的话毫不质疑、完全相信，让他待在家里有点抵触。但是，在阿民心底某个角落里，就算是讨厌的库造吧，有一个男人在这山谷里住下，多少心里也踏实一点。这是除了死去的丰藏复活以外不可能有的事情，而母女相依为命的生活中，到了感觉寂寞的冬夜，阿民也不由得认真地想过有个男人在家里就好了。

既然妈妈喜欢，库造也行吧，于是阿民就不做声认可了。她也理解妈妈说战争让库造那么沮丧，也觉得伤了脚不能糊口的男人好可怜。瘸腿程度的伤，不妨碍做养山茧的工作。只要库造能在这偏僻的深谷待下去，一直尽力收茧，那也行吧。增加一双男人的手，收起来的茧明显就多，布匹也会增加。阿民对库造住下来没有异议。

"打仗的时候……叔叔在哪儿？在哪儿负伤的？"

趁库造在栎树林里抽支烟的功夫，阿民曾停下取茧的手，尝试问他。库造让阿信找来丰藏用过的烟管,用来抽烟;他一边往掌心拍打出冒烟的烟蒂,一边回答。

"不是有明这种山多的地方。那里是一望无际的麦田,没有人家,也没有山……就是宽阔的平原……河水在流,就在那河岸上组成了散兵线。到了晚上,突然遇到反击……我中了枪弹……贯穿了这个地方……"

库造卷起裤腿,露出白生生、腿毛稀少的小腿肚,抚摸着剃刀剜过似的紫色的手术疤痕。

"咱们有好多士兵吗?"

"噢噢,有啊……接下来年轻人都得去。"库造说道。

然后,库造神情寂寞地站起来,嘴里"嚼,嚼"地喊着,开始驱赶停在地藏谷大松树上、窥探林子的乌鸦。阿民看着他瘸腿走路的背影,挺同情他的。她知道,随着相处日久,同情变成了人与人的亲切感。

既然在同一屋檐下、忙同样的工作,阿民就只好想开点,并在心里萌发了亲近感。妈妈阿信也从库造来了之后,明显变年轻了似的,干活儿也开心了。

"他来了之后,工作也轻松了,帮大忙啦。"阿信不断地对阿民这样说,她脸上是从没有过的和颜悦色。阿民看见母亲欢喜的面孔很开心,觉得新的和平降临到了家里。但是,这是因为阿民还是个少女,她天真的灵魂未曾窥见过大人的世界。在她目睹库造和妈妈相拥如野兽般的可憎光景之前,她一无所知。

五

　　阿民至死都忘不了十一月中那个夜晚的事情。那时过了八点，阿民在母屋。忙完山上活儿的库造归来，已过了七点钟。而母亲阿信在水车小屋抽丝。库造的工作是砍柴。

　　如前所述，山茧栖身栎树偏好嫩叶，而栎树长高了即成老叶，所以就毫不怜惜地砍掉，作为柴火。这时候，会让大树根部在地面留得稍长一点。这样一来，翌年春天余茬发芽，到五月绑蚕卵纸的时候，长成阿民个子般高的嫩枝。这些嫩枝的叶子，是蚕儿喜欢吃的。所以，十月收茧一完，有明的山茧业者一般要进入栎树林，备好一年的柴火。这当然是非男人不行的活儿。在库造来之前，栎树林由阿信和阿民管理。母亲找来从前丰藏磨快的大锯，将粗大的栎树从根部锯掉。但是，女人干起来总不顺手，大棵的树甚至要花两三天才能锯倒。而这些活让库造拖着瘸腿干，轻易就完成了。

　　阿信因库造的到来说他"帮了大忙"，就是指这样的男人活儿。库造肚子饿了，返回家中，在母屋外的浴桶洗过澡，凹陷的脸庞挺兴奋，边吃饭，边简单说着当天的事儿：砍下的木材上，有蝇蛆的蛾子产了卵，或者有乌鸦的窝，等等。习惯上他是退回自己的储藏室睡觉，但那天晚上不同。库造睡在储藏室，阿信和阿民在里间并排睡。自从库造来了之后，这已成了规矩。储藏室和里间之间有一扇嵌木板的门，这扇门的门槛已经歪了，所以门是开着的。储藏室前面有一个地炉，可以煮饭烧水或者取暖，周围铺了席子，上方还有排烟罩。阿民吃过饭，把要洗的东西带往河边，装在竹筐里带回来，遇上吃过饭要出门的母亲。

"妈妈，你去哪里？"

"那边抽丝还没完。"阿信说着，走下川户。

河下游的水车小屋还留有抽丝的活儿。看来妈妈要加夜班了。阿民进了母屋，见在客厅炉边的库造弯着腰，翻来翻去找东西。

"找什么？"阿民一问，库造带着睡腔说："哦，没什么。"他走下土间，要出门。

"你去哪里？"

"水车。抽丝框坏了，我修一下。"库造说道。

阿民进入客厅，收拾饭碗和饭桶。收拾好之后，就淘明天的米。完成这事，一天的活儿就结束了。最近，洗濯库造和妈妈的衣物、预备饭菜，成了阿民负责的事情，有空闲了，就给妈妈的手工活帮忙。这种情况，证明库造熟悉了小菅家养蚕的活儿，分担了工作。阿民觉得这样挺好。库造来了，使母亲的劳作轻松了，自己也不必从早到晚忙碌。在川户淘完了米，是八点钟左右。

阿民站在川户仰望空中。一弯美丽的娥眉月。时值十一月中，夜晚寒冷如冬天。山上林子的树梢随风摇摆。嵌月牙的寒空上，星星闪烁，从阿民站立的川户，看得见猎户座的三颗星成一纵列。这是深秋的证据。阿民看了一会儿天空。这时，下方有妈妈大声说话的动静。阿民侧耳倾听，水车转动的声音。说话声只有一次。是库造在修理坏了的抽丝框。

水车小屋内构造简单,在外头推动的水车轴通到小屋里头。它转动时,装在轴上的齿轮传动,一根小小的棒就咕噜咕噜转动起来。在轴的一端安上纺车,装好皮带,抽丝车就转动了。之前库造说的"抽丝框",指绑在小屋板壁的棍子上的木框。木框下面放置土锅,在这口锅里一般煮三个山茧。从煮沸的茧抽出三根线头,穿过这丝框的圈,搓线,转绕在后面转动的纺车,这样的操作就叫抽丝。说丝框坏了,是安装处破损、晃动起来了吗?

阿民不由得在意起小屋里头。她之所以想去窥看一下,并不仅仅想看库造是怎样修理的。阿民的草鞋吧嗒吧嗒响着,来到水车前。这时,传来了妈妈呻吟的声音。阿民心想,是纺车轴什么的破损了,妈妈正用手按住。她从只开着三寸左右的门口窥看小屋里头。月牙的光穿过树梢,照射这边,所以微亮可见。阿民只望了小屋里头一眼,就闭上眼睛,强咽下惊讶之声。妈妈近乎赤裸地躺着,库造只一条兜裆布的不堪样子,压在她身上。他们在打架吗? 一瞬间,阿民这样想道。但是,她睁开眼睛细看,不像打架。不一会儿,妈妈白皙的手臂绕到库造赤铜色的脊背,搂抱着。"嗯、嗯"地传来妈妈的呻吟声。这呻吟,是妈妈被库造的身子压着、痛苦地发出的吗? 或者,是舒服地承受着的声音呢? 听来是那么酸甜,阿民几乎要怀疑自己的耳朵。库造不做声。不久,他好像要放开妈妈的身子站起来,却一下子骑在妈妈腹部。不一会儿都静止了。他们搂抱着。只有水车的声音。水落下的"哗哗"声打破了小屋里的寂静,而阿民看着二人的身子像野

177

兽般缠绕在一起。二人口中发出了呻吟声，都很快乐。

　　妈妈和库造在干什么呢？明白这一点，是之后不久的事。在水车屋门口，阿民让夜风吹拂火烧般的身子，她感到胸口疼、喉干舌燥。没听说过的、强烈的羞耻感向她袭来。

六

　　阿民又讨厌起库造来，因为她目睹了那个晚上的情景。阿民见母亲都四十八岁了，却像个姑娘似的媚笑，撒娇似的缠着库造，她产生了强烈的厌恶感。阿民变得沉默寡言，待在家中的日子多了起来，在外干活的只有库造和阿信。到了冬天，库造和阿信睡到一起了。也就是说，阿信过去储藏室睡了，阿民一个人睡在里间。她听着仅隔不到四米外的储藏室传来库造和阿信调情的对话。多少个夜晚，她重复听着在水车小屋所见所闻的动静。阿民渐渐习惯这种声音了。然而，阿信见阿民变得沉默寡言、脸色阴郁，也很在乎。该说的话得说。二人之间不说话、白眼相向，是不可接受的事情。

　　过了正月不久的一天，有明山被丝绵般的大雪覆盖的日子，在小屋抽丝的阿信对阿民说道：

　　"虽然觉得对不住你，可妈妈怎么也不能跟库造分开了。女人嘛，一旦身子给了男人，虽然心里头认准不行，还是身不由己。身子发起烧来，不知不觉就被吸到库造那里去了。妈妈没有忘记你，也很喜欢你。妈妈想把你培养为出色的织绸姑娘，但现在身子、心思全都在那个库造身上了……阿民……请你宽恕。妈妈，在别人看来可能是个坏女人。可是，并不是心眼坏。妈妈拼命织绸、养蚕、收茧……如果现在要跟库造分开，妈妈没有力气织绸，也没有力气抽丝了。请你容忍吧……阿民……如果你讨厌库造，受不了妈妈过这样的生活，你爱怎样就怎样……离开这里也行，像之前一样忍耐着过下去也行。你爱怎样就怎样……阿民，只有妈妈跟库造做夫妻的事情，请你原谅。"

阿信恳求道，眼中流下了清泪。她一直说，没去擦脸上的斑斑泪痕。

"女人天生罪业。妈妈的身子，从前是你爸爸的。妈妈喜欢你爸，跟你爸生下了你……巴望着三个人好好过下去。可是，你爸死得早。妈妈以为，自己的身子就此干枯了……可是，阿民，自从库造像一阵风来到这个家之后，从他对我那么做了的晚上起，妈妈变了。当时甚至想咬舌头死掉，真觉得对不起你爸。心里是这么想，可身子背负业。妈妈的身子原以为已干枯，可被库造的身子一碰擦，呼地燃烧起来了……阿民，请你原谅……妈妈这个女人罪业深重。千万请你原谅。"

阿民觉得母亲此刻几乎要跪求自己了。她极力使自己呆望母亲的目光柔和下来。

"妈妈，妈妈觉得好的话……阿民也无所谓。我没想离开这个家……也没想离开家在外过……妈妈教会的织绸，是阿民的乐趣。我要像之前一样养蚕、抽丝。请妈妈别在意阿民，跟库造好好过吧……阿民是讨厌库造……但今后会喜欢起来的……妈妈，不要哭。"

母亲看着阿民成熟的脸，放心了。于是就问她："你为什么讨厌库造呢？"阿民说："因为他夺走了妈妈……"

自从这样说过以后，可能母亲对库造说了吧，库造不像之前那样在阿民面前小心翼翼的了。

二人像夫妻一样上山或者去镇上。

外面有客来有明的小菅家,是收茧结束了的六月和十月底,是上门收购丝的。另外,有收购绸的人走寒冬雪道,或骑自行车走开春融雪的道,从京都或长浜来。可是,每个这样的经纪人见了住在小菅家的库造,都议论说:

"阿信找了门好二婚,找了个能干的二婚……"

库造到来是昭和十三年(1938)的秋天,所以此时是第二年的春天。有明山积雪融化,阿民家的溪流水量增加。开头是橙黄色的水,日渐变暖起来。某日,下游突然走来一个穿黑西装的四十五六岁男子,打破了阿民极力要维持的、小菅家的平静。男子看一眼阿民所在的母屋土间,打量起家里头。

"你是这家的女儿吗?是阿民吗?"

阿民应一声"是",那人像墨汁描画般的浓密胡髭上下一颤动,问道:"你这里,来了个叫桥爪库造的男人吧?"

阿民没做声,回看那男子。因为她直觉来者不善。

"你不说话,还不懂吧。你不照实说……是有罪的。"那男子说道。

他一探头,跨过门槛。土间的墙壁上,挂着库造的工作服和斗笠、木板的鸣器。男人穿的长靴也在。那男子笑了一下,看了这些东西,说道:"他并不是你爸爸……"他威吓地盯着阿民的眼睛,说道:"是你爸爸之后来这个家的男人,对吧?就是叫桥爪库造的男人。他现在在哪里呢……不说实话是有罪的。我是京都宪兵队的……来你这儿的,叫桥爪库造的男人,是个国贼!是从军队溜走的家伙……"

那男人这么说着,耸起肩膀,死盯着阿民。阿民的脚僵住了,说不出话来。她好不容易才说道:

"叔叔跟妈妈上山了。我这就去叫他们,您请坐,稍等一会儿。"

阿民这么一说,那男人笑笑,口髭动一下,点点头。有那么一瞬间,怀疑的眼神掠过阿民,但他在门口坐下,从西服兜里掏出"朝日"牌卷烟,捏一下吸的一头,衔在嘴里。

"那我就在这里等啦。你可得乖乖喊他们回来……叫库造回来就行。"他和蔼地说。

七

桥爪库造（三十七岁），第十六师团司令部下辖的福知山步兵第二十连队陆军步兵上等兵，在逃亡中于信浓有明被逮捕——这条消息在报上颇受关注。如前述，战争中战死者、伤病员很多，不仅是野战医院，陆续送来的伤病军人被转往全国各地的陆海军医院。这些伤病军人并非已解除征召，视伤病的程度，有些人痊愈后必须再上前线。

桥爪库造来到小菅家，说自己"在战斗中中弹负伤"，即便这是事实，他在别府疗养所被解除征召却是撒谎。实际上，他痛恨必须再出征的命运，从疗养所逃走了，就此杳无音讯。当时，即便这样的逃跑案子很多，陆海军也避免公开。因为这事关乎征召的在乡军人的士气，且不久可能要进入"一亿国民齐奋起"的时代，有必要提高国民的战争热情，决不能让国民听到讨厌军队的事情。所以，一抓到逃兵，就关重禁闭，或交军事法庭，在绝密状态下处理。在桥爪库造逃跑的两年间，追捕方束手无策，而且是在信浓的有明逮捕的，遮掩不过，这事就作为新闻报道上了报纸。

这则报道极大地影响了阿民的家。本是山沟沟的偏僻独屋，自己闭口不提，也就没事了，但库造被捕时有丝绸经纪人碰巧在，经他的口说出去，小小的有明山脚小村，这事就成了话题。在当时，逃兵被指责为不履行义务的国民。更何况母女俩窝藏那家伙,所以,小营母女也被村里人白眼相待。

阿信目送宪兵押走库造,当那瘸腿的身影消失在下游的地藏谷尽头时,她蹲在水车小屋前痛哭不止。她无法承受可怜的库造被押走。

阿民理解母亲的悲伤,勤快的库造太可怜了。她恨那个来抓人的留口髭的男人。

库造走了,独屋又回到两年前寂寞的、母女相依为命的生活。但原先的平和不再。那是因为母亲阿信失去了库造,完全失去了力气。她像病人一样憔悴。第一个月她卧床不起,连饭也咽不下。问她哪里不舒服,她也说不出是哪里不好了。阿民待在阿信枕边护理,但也只是熬粥端过来而已,并不懂该如何治疗。经纪人也建议说,去看一次医生吧?可阿信摇头。阿信变得身子枯瘦,脸色青黑。活气从她全身消失。她卧床不起,粥也是充其量一天一碗,完全没有精神。五月初起,开始诉说咽喉长了大肿块,肿块与日俱增,终于阿民和经纪人商量,从松本请来了医生。医生来到这独屋,在晦暗的客厅为阿信的身体诊察了三十分钟,说了句"好厉害的肿块",就没话了。阿信之后便去世了。

医生在死亡诊断书上写的是"肉瘤"。阿信是因咽喉长了肉瘤,无法呼吸憋死的。大致可以推测为今天所说的"咽喉癌"。母亲去世时,有一位从穗高来收购山茧的、叫勇二郎的人,生前来往密切,他给办了丧事。在母屋后面长款冬的空地埋好阿信的遗骸时,他说了这样的话:

"就是说,小民啊,你妈妈是毕生养蚕、纺丝、织布的劳碌命虫子,是个蚕儿化身似的人物。你妈妈就像是吃了蝇蛆一样呀。一旦吃了蝇蛆的卵……这卵就在蚕腹里变成了蛆啦。最终蛆咬破蚕腹，变成蛾子飞走。跟这是一样的呀。你妈妈是吃了蝇蛆了。"

咽喉肿起无花果般大小的肉瘤，勇二郎说是库造种下的毒，阿民对此无法接受，她哭着否定：

"妈妈……没吃什么蝇蛆……妈妈把身心都给了库造。所有的全给了。库造一被宪兵带走，妈妈就失去力气了。所以……就死了。她不是，她没吃蝇蛆什么的……"

村里人和经纪人都赞同阿民的说法。因为库造比丰藏能干，待人也亲切，看起来是个适合小菅家的男人。但是，他是应被谴责的、不履行国民义务的逃兵，人们不会同情他。由于阿信的丧礼是在库造被捕后很快就进行的，所以村里人来的少。是场寂寞的后事。

有人煞有介事地说，库造不久就被枪毙了，阿信是算着库造的死，追随而去了！

桥爪库造已死的传言，的确也传到了阿民的耳朵里。阿民觉得，相信妈妈的死与那外来男子的死相关，是送别妈妈的灵魂。从某个时候起，阿民在佛坛摆上了库造的牌位，每天早上洒水默祷。

阿民从那时起到二十八岁去世，在有明这所独屋织绸。阿民苦心织的绸，比起阿信织的"二丁杼"织物更为精细复杂。阿民除了织布，不知这世上还有其他乐趣。

她当然也不懂得男女之情。妈妈和库造晚上调情的光景，只是活在她的脑子里。这种回忆让阿民怀念，是美好的回忆。绝不是肮脏、可憎的回忆。妈妈发出欢喜的声音时，库造也大声发出。在阿民眼里，在晦暗的储藏室里，汗淋淋赤裸相拥的情景，就像在五月嫩叶上玩耍的透明蚕儿般美丽。

自从妈妈死后，阿民变了个人似的肌肤苍白、透明。妈妈遗传的吊眼角，也连同粗眉都吊起，乍看有种男子的凛然之气。见过阿民在水车小屋抽丝情景的经纪人，一时驻足看呆了。都说她比母亲还美，气质高雅。

信浓穗高町的乡志上，记载了阿民织的有明绸，在昭和二十五年（1950）春的东京全国民间工艺展上获得金奖。这种绸，以家蚕丝织成绸地，精心织入的山茧丝如雨点飞溅般绚烂华美。所呈现的厚重和格调，如同用朴素金银丝织成的缎帐。阿民在获奖当年的冬天患肺炎而死，孤独离世。病榻前，仍由有明村的勇二郎看护她。四十二度的高烧持续了五天，她衰弱至极而死。是跟母亲一样的、类似病蚕的死。她患的是肺结核。村里人把阿民葬在念照寺，现埋于谷川深处的母屋后。之所以墓碑上只有阿民，是因为阿信的墓碑已经朽坏了。

"信浓有明的勇二郎六十二岁了，为阿民家办了三宗丧事，值得称道。不过，他所说的蝇蛆的话，我们不是不明白的。天蚕也好，柞蚕也好，都爱吃蝇蛆的卵，明知会导致身子破灭，还是要吃。蚕儿吃了那种卵，肯定肥胖。然后呢，最终被咬破肚子死掉。因为蝇蛆要在它肚子里变成蛾子嘛。阿民母亲之死，虽然是像勇二郎比喻的那样，可阿民的死就很可怜了。阿民还不懂男女之情，身子那么美就死掉了。"

松本的织物业者一边走下有明川河边，一边对我叹息。

我还没见过蝇蛆这东西。但是，我感觉自己已明白，有明绸产品是经历什么过程产生的。在阿民死后，谁都不住在有明山了。
　　唯有乌鸦聚集在长高的栎树林的情景，一直盘踞在我的脑海里。

三条木屋町大道

一

往年的话，若非单衣，身上已汗津津了，但今年阿金还用衣架挂着三条伊藤屋做的那件绸子夹衣。早晚轻寒。

人们说，沿高濑川的木屋町大道被淅沥小雨打湿的情景，反而有情调。不过，岸柳的青芽爬满毛毛虫，长虫恶心的褶皱湿漉漉的样子，即便不算"布袋家"的阿金，大半住在木屋町的人都手插袖口，打着寒战说"好讨厌"，巴不得早点放晴。然而，眼下这感觉，像要直抵梅雨期的样子。

梅雨过后就是祇园祭。阿金一早就心浮气躁，这也许是因为她拿自己的大肚子没办法——这个节日的前后，她就该生产了。

确定了阵痛一来，就搭车驰向府立。她每周去看病一次，年轻的医生叫田岛利吉，因他眼睛长得像鹤田浩二，开头阿金不好意思裸露腹部让他看，但渐渐就可以轻松说话了，到了私下里也送点礼的地步。所以，她就寻思，干脆让他找个心脏或肝脏不好的名目，让自己提早进产科病房，悠悠然躺在墙壁雪白的房间里。怀孕第八个月，突出像啤酒桶似的腹中骨肉，这两三天以来动作不断，感觉到胎儿向下腹翻身的痛楚，所以，干脆今天就向田岛医生提出吧。要是变成了逆产，可不得了。透过窗户外的晒台，看得见鸭土堤对面的路旁樱树，好几对情侣在树下走了过去。阿金呆望着那些年轻人,特别担心起自己年过四十的初产来了。

传来前面格子门拉开的声音,女佣雏子进来了。

"寺院的大姨来了。"拉门之间露出半张女佣的双眼皮小脸,她站着说道。

"是吗?"阿金应一声,数落道,"你又不守规矩了,得跪着打开拉门。"吊起的眼角拉得更高了,这是她心情不好的证据。"怎么不带到这里来?还有,快去拿腰带来。"她生硬地说。

女佣十八岁。她神色沮丧,辫子匆匆归总在脑后——头点一下行礼,低声说"是",下台阶而去。姐姐静子错身而过进来,她眯缝的眼梢吊起像父亲,堆着小皱纹。

"这么大雨,你要去府立?"姐姐生气似的说。

阿金想跟姐姐说说提早住院的事,就给她打了电话。因为姐姐说过里头的假牙松动了,也有心邀她同往医院。

"这么早住院,店子咋办呢……库吉还在市场吧?"

"已经回来了。"阿金说道。库吉是关东煮"布袋家"的大厨。他年方二十七,是个小个子男人,由阿金的丈夫贞之助旧日同事矶吉介绍,从京北町过来的。那时贞之助曾在三条小桥拐角的旅馆"惠比寿家"当掌柜。第二年的今天,库吉负责安排店子,没他在,店子就开不了门。白天在家里帮忙的雏子在店子干到晚上九点,接下来就由叫绢子的半老徐娘、前先斗町艺妓前来接手,开店到凌晨两点。阿金也有这样的盘算:若自己去了医院,老是不归家的丈夫也得坐镇家中、不再痴迷弹子机了吧。

"还跟今出川言归于好,那可就没救了。我去了医院的话，你瞧，他不乐意也得待着吧。"阿金眯起眼睛。

"是吗？"静子尖尖的下巴一收，皱皱眉头。

所谓今出川，是指一年前的事情：贞之助迷上了今出川寺町一家咖啡屋的女店员，打得火热，身不由己发生了关系，被女方父母闹起来，赔了人家十万日元，轰动一时。

静子想了想，说道：

"那倒也是。就库吉一个人的话，店里忙不过来，销售额上也要操心，他得乖乖待着吧。不过，这阵子寺院一带的酒吧倒没见他的身影了。挺当回事了。"

"因为有宝宝了嘛。"阿金说道，"头一个孩子呀。老来得子嘛，还那么不正经可不行啦。"

"那倒也是。"

姐姐还是一副担心的样子看着妹妹。

"那就走吧。"阿金说着要站起来，这时雏子打开拉门，膝行而入。雏子把茶盘放在阿金跟前，无声退下。静子眼瞅着她的背影，说道：

"嘿，有点儿姿色了嘛，这孩子。她到这儿多久了？跟来时比，长大好多了，刮目相看啦。"静子瞪圆了眼睛。

"第六个月了，很能干，我挺开心的。不过，现在的女孩子啊，很快就长大成人了。"阿金也这么说。

"不会是跟库吉有一手吧？"静子终于有点笑容了，唯有目光依旧锐利。"正当年哩，得当心。"

"她要是跟库吉有一手，我还巴不得呢。店子没她在还真不行。近来风行挖人，要是库吉搞定了阿雏，长久待在布袋家，那再好不过了。"阿金这才眯眼笑了。

雏子送来的海带茶微温了，二人啜饮了，不约而同地站起来："那就走吧！"

二人不走正门，掀起染了关东煮店子"布袋家"店号的布帘，从另一个入口出来，见库吉小小脸儿神色严肃地捞着豆腐衣。一旁的雏子卷起袖子，给茨菰刨皮。

"哎，我们俩去一下医院，我先生回来了跟他说一声……"

大厨和女佣同时说声"是"，仍旧忙手上的活儿。一声不吭的静子削尖脑袋似的从后窥探狭窄柜台里两个搭档干活儿的男女雇工，打起伞，才抿嘴一笑：

"搞不清楚，看起来挺默契的。"

布袋家是从颇有渊源的、三条的惠比寿家旅馆分出来的。阿金的父亲孙助，是惠比寿家上代主人的弟弟。因为是次子，得找出路，待在家中也无济于事，所以在大正年初，趁从三条往上走一点的姐小路有合适的待售房子，就让家里买下，分了出去。这房子面向木屋町大道，里侧则通鸭土堤，呈细长状。这小小的旅馆"布袋家"，可在惠比寿家客满之类的时候，把客人转过来。这是最初的缘起，而旧房子在阿金开始记事那时，楣窗、楼梯扶手之类已有明显的虫蛀痕迹了。住不了多少客人了，自然也就处于关门状态。孙助接触了自己不熟悉的古董买卖和茶具批发，在阿金十八岁时去世。

阿金是次女。姐姐静子讨厌阴郁的家，跟药王寺河原町的洋货店的长子好上了，最终弃家出走，与对方结婚。姐姐不在家了，阿金就必须继承家业。母亲与惠比寿家的伯父商量，招掌柜贞之助为婿。办了喜事的第一年，母亲阿菊老毛病哮喘加剧病逝。那阵子，贞之助从惠比寿家领着工钱，每天走路不到五分钟，去旅馆的账房辛勤工作。伯父也去世后，阿金的亲人就剩药王寺的静子一个了，而惠比寿家转为养子的一代，布袋家也是同样命运。

然而，与惠比寿家的养子发奋努力不同，阿金的夫婿贞之助在岳母、伯父死后，也许可说是原形毕露吧。他咽不下长年屈居惠比寿家账房的屈辱，经常请假，后来与养子吵了一架，辞职不干了。他没去做事，晃荡着过日子。这位皮白肉嫩的男人，长着一张蒲扇似的扁平脸，眼神有点儿捉摸不透。阿金看在惠比寿家的面子上，一边为他头疼，到今年已过了二十个年头。

阿金催着贞之助开关东煮的店子，是战争结束后的第二年，之后生意还顺利。阿金干到晚上两点。有酒吧、夜总会的过路客，熟客也多起来了。现在的店子与一间屋子起步的当初相比，面积大了三倍，能赚小钱了，虽然要不时变花样，但只要管好了大厨和女佣，阿金可以坐镇后台悠闲过日子。然而，去年秋半，她的月经停了，吓了一跳。得知年已三十九怀孕，她欢喜得泪眼婆娑。因为她深知收养子、养女靠不住。腹中胎儿再过两个月就要诞生。虽然不知是男是女，总而言之，他就是继承多年辛劳的布袋家的第二代子女了。一想到这些，她就得千万珍重地把孩子生下来。

"看报纸说，有生下畸胎的……还是在京都呢。要是生下那样的残废孩子，我得疯掉了。哎，姐，如果是逆产，该怎么办？"

停车场旁是高濑川上的混凝土大桥,可拐向御池。阿金腆着大肚子,身子后仰着走过桥,说:

"阿姐指望的吧,我……"

"傻瓜,你只要没吃过伊索敏,就没事。那是服用了安眠药的结果。"静子一副很内行的样子说。

"从去年起,那种安眠药,已经被厚生省禁止出售了。你不是吃了那种药吧?"

"我没吃啦。可是,不知怎么搞的,下腹部那块,胎儿折腾得我没法子,有种古怪的疼痛。阿姐,你有过吗?"

在战后缺乏粮食的那阵子,姐姐大着肚子很受罪,不过她仍生下了健康的男孩。

"有点疼吧。越是健康的胎儿,越是闹腾吧。"姐姐一本正经地回答。"哦,你刚才说到提早住院,真要这样吗?"她问道。

"……"

阿金看看姐姐的脸。

"是的。心肝宝贝嘛。有个闪失就完了,所以住在离医生近的地方,就放心了……待在店里,免不了操心店里的事,就站在冰凉的水泥地上了。干脆住进医院,眼不见心不烦。"

"嘀——"姐姐瞪起眼来。

"你提前两个月就要住院?我还没听说过这样的产妇呢。阵痛来了,赶紧送医院,这才是理所当然的。"

"你可别说,姐,近来就有人爱住院一两个月,搞那个短期综合体检。跟她们比,我可是正当理由。"

看妹妹不可动摇的样子,姐姐也就随她喜欢了:

"医生答应的话也行吧。"

阿金叫停路过的出租车，收起伞、先放上车，再伸入高齿木屐的腿，上了车。

"田岛是我很了解的好医生，拜托他试试。"

看来阿金铁了心要马上住院了。姐姐觉得她小题大做，再小心行事也得有个谱。汽车在烟雨蒙蒙中驶向河原町大道。

二

府立医院的牙科在一楼。静子诊治完,在头一个候诊室等候,这时,阿金从楼梯下来了:

"姐,很顺利。医生说,稍后就让我住进医院。"她苍白浮肿的脸泛起红晕。

姐姐吓了一跳。

"医生是说行,可店子都交给贞之助管,你还没说好吧?"

"没关系……"阿金挺胸后仰,"没事,没事。"

"嘿,是怀疑胎儿会逆产吗?"

"说现在胎位是正的。不过,没准一下子就坐过来了。下回胎儿盘腿坐的话,就必须拖着脚出来了。说是趁现在按摩可以改过来。还有,说我穿得太多啦。家里冷嘛。因为胎儿宝贝呀。不弄得暖一点,夏天反而容易受凉。医生说,我要是在乎,就提早过来吧。医院也有心脏呀胸不好的人,我可在特别病房一边静养,一边等生孩子……"

"是府立这里吗?"姐姐侧耳倾听,阿金"不、不"地摇头:

"是由田岛医生介绍,入住银阁寺的北川医院。"

"你去北川?"

姐姐第二次吓一跳。那是家奢华的医院,名声在外,静子也有耳闻:那是京都的有钱人住的。

"哟——"她打量着妹妹的脸。

"说是再过十天，就能空出一间病房。空出来后马上通知我。去了那边，比在府立放心。我拜托他要二楼拐角的向阳房间。那位医生，不推荐自己的医院，给我推荐了朋友的医院。"

"是吗？"姐姐说道，"府立可没几间那么豪华的病房。"

"去了北川的话，看护全包。也不要阿姐照料了，挺好的。"

姐姐觉得也是。寺院的洋货店是丈夫在管，但他进货、退货跑来跑去挺忙碌。静子一天有大半时间得守在店里。她不可能陪伴妹妹生孩子。

"既然这样，也行吧。"

姐姐冷冷地说。

可以说，两人实际上都解脱了。从后门给田岛医生送去了"八百文"店的水果篮，但没想到这么快就收效了。从前个星期来看病那天起，就聊起可否有医院能从容住下来，万无一失地生孩子。看来年轻医生对此很上心。阿金比来时更容光焕发，走到雨水稍停的大门口，邀姐姐道：

"阿姐，找个地方吃饭吧？"

姐姐方才还在意着在牙科消过毒的口腔，答复起来有点迟疑。

"噢，"她想想说，"软的东西应该能吃吧。"

阿金来作主，二人上了车。开到四条，拐向小桥，便停了车，走进"京都西餐厅"。论西餐厅，这是一流的店子。在一楼排列的白色桌子中，阿金挑了角落的小桌坐下，说道：

"哎，姐，我住院期间，不好意思，你帮我监督家里那口子好吗？"

姐姐抬起脸说：

199

"你有什么瞒着我吗？刚才在二楼，你说话好像嘴里塞了东西似的。"

"……"

阿金拿侍应送来的毛巾把擦手，说道：

"我没啥挂心的事，那人的品性，心地虽好，可有点事儿就闹大。他这人，作不了大恶，但小恶会有。今出川那时也是。我过去一看，竟是小小咖啡店一个十九、二十的小姑娘。好土气的女孩，他都搞……看电影、逛大街，哄上手了，占人家便宜。到后来，被一口咬疼了，就哭。我想他得到教训了，但不能放心。我不在的话，他得管起店子，不管怎么说，库吉、雏子都是雇工，要听他的，他可以为所欲为。"

阿金显出担心的神色。

"你这么说，是贞之助又搞上别的女人了吗？"

"没，没，"阿金嘟着浮肿的嘴角，"没那种事。"她只说了这一句，就沉默了。

她在想对姐姐难以启齿的事情。她近来和贞之助没有性事。她推说对胎儿不好，贞之助说了声"哦，是吗"，就乖乖打住了。他这么听话倒是怪事。看他钻进旁边的被铺，打着鼾先睡了，她突然冒出疑念：他不是在哪儿又搞上年轻女孩子了吧？

贞之助痴迷弹子机。阿金让库吉采购、烹饪、准备好随时可下锅。贞之助充其量是四点左右在家，加以检视，到店子开门时，他就出门在外了。河原町的弹子机店子他一间一间玩过去，多的时候，回头时奖品卖得三千日元左右，这些钱也都花在熟悉的酒吧。对阿金来说，这是他超支自负，可以说比她全包强。

"他就爱玩弹子机。他不像寺院的末源店老板那样，为小妾闹得满城风雨，可以放心。但我要在医院待上四十天，难以想象这期间他会乖乖待着。所以呢，阿姐，你盯紧点，拜托啦。"

话是那么说了，但妹妹也没显得很担心。

"行，我走过时就瞧瞧。老婆生孩子的时候，没有老公寻花问柳的啦。你担心的话对胎儿不好，小金。"

姐姐用了试探其态度的说法。

"咱家那口子有前科的嘛。"阿金说着，动刀切起了送上来的、烧软了的里脊肉。

"不充分摄取营养可不行哩。"

阿金这样说着，张开薄薄的嘴唇，美味地吃了起来。姐姐因为义齿松动，比妹妹多费事，不过也把里脊肉都吃掉了。

临分手时，姐姐在小桥上说：

"别老是瞎操心。你正经委托贞之助吧，拜托他，说你不在时，要管好店子。"

妹妹一副满不在乎的样子，说道：

"拜托他这种事情，他才听不进去呢。"

从小桥打出租车回木屋町时，真下雨了。水量大增的高瀬川拍打着岸边石垣，河水污浊。平时水流清澈，漂浮着海带似的水藻，从两三天前起，橙黄的水色越发浓了。

纵目河面，突然，看似贞之助和雏子的结伴二人跃入阿金眼帘。在折了一支伞骨的男式洋伞下，贞之助卷起一边袖管，像是搂抱着穿丝瓜领白衬衣的雏子似的，正横穿过雨中的木屋町大道。

"司机，请开慢点好吗？"

阿金喊道。司机边留意打滑，边放慢速度。雨点猛烈敲打着玻璃窗。阿金额头抵着窗，看着正要走过六角桥的丈夫和自己店里女孩子的背影。

"这个时候，是要去哪儿呢……"

贞之助手绕过雏子的细腰，搂着她似的，使劲让她靠近自己。雏子穿着一双看见桃红色里的白雨鞋，吧嗒吧嗒走着，艰难地跟上几乎高她一倍的丈夫。一早就在想的事情，开始在头脑里成形。

"是还没好上吧……"

姐姐静子看见送海带茶来二楼的雏子，说她出落成大人了，该不是跟大厨库吉好上了吧，自己回答说那样就好了。但是，那是假的。库吉的确是个内向的好大厨，少年老成。但是，他不会跟雏子好上的。阿金看得分明。小心谨慎的库吉不会动那女孩子的。

车过三条，来到布袋家前停下，阿金付了六十日元，匆匆入店门，进了曲尺形柜台，见库吉正往锅里配料，汁液几乎满溢，她性急地问道：

"你知道我先生去哪儿了吗？"

"哦，"库吉凹陷的眼睛瞪得大大的，回答说，"老板刚跟小雏出去了，什么也没说。"

"不知道他们去哪儿了吗？"

"不知道。小雏被叫到里头去，然后从后门出去了。"

听来冷淡的回答。库吉专心地用小碟子品尝着汤汁。

三

"雏子。"

晚上九点左右,见店子闲下来了,阿金把雏子叫到里头。

"今天跟我先生去哪儿啦?"

雏子见阿金吊梢的眼一下子眯成一条线,屏住了气息。被小眼睛笑眯眯地盯着,反而感觉不好了。

"哦,是去买茶碗。老板说,河原町的德善有好多品种,去买关东煮的碗吧,就带我去了。"

阿金松了一口气,有一种泄了气的失望感。

"嘿,他盘货了吧。那么,买了什么回来?"

"买了好多碟子、小钵之类的。包了一大包。"雏子答道。

阿金知道贞之助平日里就说店里的关东煮碟子俗气。她浮现出了微笑:贞之助从弹子机店回家时,留意到德善的店子了吗?

"是吗?那好啊。"

阿金看着雏子要退下的背影,喊住了她:"小雏。"

"你不是身体不舒服吧?好像没精神的样子嘛。"她眼睛又眯了起来。雏子苍白的小脸转过来,停住了脚步。

"我没事呀……我看起来那样吗,太太?"雏子低声说。

虽然她脸色不好是天生的,但近十天来,显得没有活力。她刚来时,完全是个乡下妹,欢蹦乱跳的,现在皮肤却有点粗糙。并没有要她熬夜，到了晚上九点，就雏子一个回里头去睡觉，所以，跟库吉和来接班的绢子相比，她睡眠时间是够的。阿金不由得想，雏子脸色不好，是有什么隐情。

"是吗？你得注意一下。"

阿金以怀疑的眼神看着雏子下楼而去。

雏子是贞之助半年前带回来的女孩。之前干了三年的女孩子是山形市的，做事麻利，阿金如获至宝。但这女孩因出嫁而辞职了，之后找过两个女孩子，贴出了招收女店员及女佣的招贴，总是没有中意的女孩子来。正为难时，贞之助领来了一个女孩子，说是常去的四条的酒吧女介绍的。

雏子出生在丹波的鹤冈。据说是比库吉出生的京北还要偏僻的深山穷村子。说是翻过山口能看见海的，叫"洞村"的村子，是县边境。阿金没去过那么远，但从雏子的描述大致可以明白。她说村里没有水田，一年大半的工作，是在山上的旱田种旱稻，冬天烧炭。雏子出生在兄弟姐妹多的家庭，她从新制初中毕业之后，立即来到京都，曾在丸太町的千本小餐馆待过，也曾在堀川的乌冬面店洗碟子，虽经历过种种接待客人的活儿，却予人未见过世面的感觉。她的脸盘小而端正，挺讨人喜欢的。水汪汪的大眼睛，睫毛长长的，阿金还记得，自己曾认为，这样的女孩子拿到先斗町去，马上会有客人。这么个雏子从一个月前以来，变得很有女人味了，有点风韵了。而且，说话也变了，一举一动也有奇特之处。走过时不与阿金对视也是其中之一。另外，她脸色苍白、略带浮肿，这是怎么回事？

大概从十天前起，阿金就开始瞎猜起来：雏子的突变，跟丈夫贞之助不大泡吧、干巴巴待在家里，有什么关系？虽觉得不至于，但这贞之助是大意不得的。阿金尽量心平气和，不影响腹中胎儿，但这回要去住院了，她就在乎起来了。

关了店，不住店的库吉走了之后，阿金看着在二楼打铺的丈夫，低声细语道：

"老公，我提早去北川住院行吗？"

"……"

贞之助把烟蒂在烟灰缸里掐灭，仰面朝天。他平板无表情的脸只是哆嗦着，眼睛定定地看着天花板。

"因为是宝贝孩子嘛，出点问题怎么办？而且，今天在府立看了医生，说是宝宝开始头朝上、盘腿坐了。这样的姿势的话，是难产哩。"

贞之助默然。不过，过了一会儿，他说：

"住院，跟阵痛来了才去不一样？"

"就是啦。当然是嘛。不过呢，但愿是头先出来，可我的情况，好像是头在侧移呢。"

"田岛说的？"贞之助记得医生的姓名。

"对，据说医生用手按按就知道的。"

"那可是大事，弄出个难产不得了。早点住院，正经处理为好。"贞之助朝阿金转过脸来，这才显出谈事情的神色。

"田岛医生说，在北川有朋友，等那边有空出病房的消息，马上通知你。因为至迟是第四十天生产，所以大约过十天就住院。在北川仔细诊察，好好想个安产的方法。"

"在北川生就好，"贞之助说道，"那里的产科很有名，是间豪华的医院。"

"稍微奢侈点也没办法啦。总之，即便在府立，也非得弄个单独病房。我就烦躺着一溜的患者。"

"那就这么办？"

贞之助又来了个没心思的回答。

"那我就去了。不过，我住院期间，你得好好看着店子啦。"

阿金吊起单眼皮。

"行啊。"贞之助看着天花板，说道，"我也出店子。"

"可不能光打弹子机，将店子放任不管啊。小库、小雏都是外人嘛。不看紧点，不知道他们怎么干的。"

"……"

贞之助很清楚阿金一向的猜疑心。

"不必担心啦，你生下孩子就万事大吉，其余的交给我。"他声音里有一股劲，"想多了，对肚子里的孩子不好。"

阿金盯着丈夫的侧脸，点点头。她随即话锋一转，说道：

"老公，你看了小雏的脸吧？"

"脸嘛，天天看嘛。"贞之助不耐烦地说。

"不奇怪吗？"

"哪方面？"

"近来她脸色苍白，像病了似的吧？"

"没那回事，那孩子原先就是那脸色……"贞之助不在意地说，语气里似乎有些强调之味。阿金敏感地察觉到了贞之助内心的活动，但如何看待这语气的变化，就不知道了。只能试探一下吧。

"今天呀，寺院的阿姐来了，说她该不是跟库吉搞上了吧？你有这种感觉吗？"

"傻瓜。"贞之助付诸一笑。不久,传来"嘻嘻嘻"带喉音的笑声。笑声在间隔稀疏的旧天花板上回荡。阿金更加不为所动了,问道:

"是阿姐多虑了吗?"

"你呀,别把她的话当真。那个人就爱对你虚张声势。"

"是我多疑了吗?"

"……"

贞之助不做声。

"啥事没有,脸色那样变化就怪了呀。雏子近来不跟我对视。好像干了什么坏事似的,经过时低着头、怕怕的。这奇怪吧?"

"是吗?"丈夫兴味索然地应道。

"她要是跟库吉搞上了,倒也没关系。总而言之,希望库吉长期待着。他要是跟在我们家干活的女孩好上了,结为夫妻的话,那就好了,肯定得长期干下去了。不过,要是库吉是玩玩的,她可就惨了。"

"……"

贞之助的太阳穴又跳了一下。他滑头的目光猛地转向天花板,似乎不想让阿金察觉,同时背过脸去。

"快睡吧。"他说道,"别瞎琢磨,早点睡。库吉是笨蛋啊,对她动心思?那家伙是个胆小鬼。雏子呢,还是个孩子嘛。你呀,肚子大起来之后,想问题都是怪怪的。"

雨似乎大了。鸭川湍急的水声传来,雨水横打在大门上。大约一个小时前起,就是风雨交加了。关门闭户的房间白天闷热,但到了深夜,有点儿寒气侵入。两人不约而同盖好被子，缩回冰凉的脚睡觉，但他们没察觉，其实各怀心事，在被窝里眼睁睁的。

　　雨时大时小，竟一连下了四天，到第五天放晴了。上午十点左右，府立医院的田岛来了电话，说北川医院二楼的单人病房空出来了。阿金过午住进了医院。

四

"邮政储蓄存折也好,银行存折也好,都跟印章一起装进手袋带来了,因为我不知道他哪里藏了私房钱。你替我留意看着啊,对他可是疏忽不得的。"

静子来了,坐在床边。阿金嘟着跟静子一样的薄嘴唇说话。

"还有雏子也是,得留神看着。"

"小雏应该是跟库吉搞上了。"

"我也有这种感觉。"阿金说着,望向窗外。银阁寺所在的月待山缓缓的坡度,此刻浮现在雨后的乳白色雾霭中,如同水墨画。翠叶中的红松树细树干一排排,很好看,如同插上了一支支线香,正消散的雾霭看似白烟。

"雨停得正是时候。"静子边说,边检查带来的咖啡壶、水果刀、碗碟之类,在床边的桌子上摆好。静子说道:

"你这也是大事。只要生下宝宝就万事大吉。这会儿得努力一把,好歹不必担心逆产这件事了。"

"这事啊,"阿金显出绝望的样子,"说是胎儿还是盘腿坐呢。照这样下去,得用器械取出来了。说不定是个大手术呢,我已经请医生改变胎儿位置了呀。"

"那,医生怎么说?"

"说不用担心,十个人中,会有一个是逆产。近来没有因为逆产分娩而伤及婴儿或产妇的情况了,请放心。可我还是担心啊。"

"是吗?还那么倒过来坐着呀?"静子瘦脖子上男人一样突出的喉结咕嘟了一下,"那样的话,好在提早住院了。"

然后,她又说:

"哎,今天我那口子获涤纶客户邀请,去贺茂打高尔夫球,我惦记着店子呢。我早点回去啦。"

静子匆匆走了。

姐姐走后,阿金随即有分娩的感觉。也就是说,是不足月——提早了三十五天产子。她下腹突然剧痛起来,喊来护士。护士说可能是阵痛,请医生看。年轻医生小峰圆圆的脸,是田岛的朋友,他看了阿金的下腹部,马上脸色一变把阿金送入分娩室。

阿金抓紧分娩台上的拉手,度过了冒油汗的几个小时,诞下了一个男婴。回到单间病房,静子和贞之助来了。静子先上前来,说道:

"喵,个头好大呀,是个男孩。贞之助也过来了。"

因为肚子卸下了大块东西的虚脱感和诞下新生命的喜悦,阿金脸上稍有血色。她看着二人点点头,闭上眼睛。剧烈的疲劳感袭来,她没对二人说什么,就睡着了。

挂着个号码牌、没有名字的婴儿待在新生儿室床上的第五天,一早静子就来了病房,看着恢复了血色的阿金说道:

"我早想跟你说,还是你说的那样,雏子挺怪的。那孩子,说来挺突然,该不是怀孕了吧?"

"怀孕?"

阿金手按盖胀奶乳房的纱布，猛地翻过身。

"这是真的？阿姐？"

"不清楚，只能这么想不是？据说从你一来北川，小雏马上铺好被褥，躺下了。说是在枕边大吐特吐，脸色苍白低着脑袋。"

"谁说的？"

阿金小脸一颤，盯着姐姐的眼睛。她的脸已消肿，下巴略微收紧。

"是库吉嘛。"静子大大咧咧地说着，不像说一件可怕的事情，"一次还好说，据说看见她那么大吐了三四回。吃饭时一动筷子，就去偷拿店里冰柜的冷盘醋猛吃……这是库吉跟我说的。"

阿金的脸僵住了。雏子肯定是怀孕了。一个月前起脸色苍白，也说得通了。恐怕就是孕吐吧。那么说，怀的不是库吉的孩子？既然库吉那么说，他应该一无所知。

"应该就是家里那口子的孩子吧……"

阿金一头栽在裹了毛巾的枕头上，双目紧闭。

"姐，不好意思啊，好好查一下，是不是我家那口子的孩子好吗？问雏子一下好吗？如果是，怎么办呀？"

阿金声音变了调，眼角带着一颗泪珠。泪珠顺脸颊流到耳后。她不动弹，仿佛在回味落泪的感受。

"你傻呀，小金，你怕她雏子什么嘛？如果她肚子里的孩子是贞之助的，那就是小雏偷你男人嘛。躲着你，跟你男人睡了嘛。你没干坏事，是她雏子干了坏事。明知不对还去做，就是现在女孩子的特征啦。你想想，你根本不用顾虑，把她

211

开掉就完了。"

"……"

阿金的眼角又新冒出一颗泪珠。这回泪珠停在眼角不动了。

"不是吗?"静子的吊梢眼越发明显,"你看嘛,这就看你怎么想了,小金。如果你不在家期间,贞之助搞了今出川那种女孩子,被人家敲诈,那怎么办?跟小雏反而算好的吧。这小雏嘛,就是说,只是在你身子不便期间,起了安抚贞之助的作用,这样想也就行了嘛。"

"……"

眼角的泪珠要干了,又有新的泪珠加上去,掉落下来。阿金定定地盯着天花板。

一方面想,姐姐别说那么过分的话,另一方面内心某个角落又觉得,她说的也对。她思考起五天前拼着一身油汗生下的孩子。如果雏子真怀孕了,跟自己也没啥不同。不理她的话,那女孩会生下贞之助的孩子吧……阿金突然沉默思考起来,屋里安静下来。隔走廊的对面是医务室,它旁边就是新生儿房间。包括阿金孩子在内的婴儿躺着,脚边的把手上挂着号码标签。传来了啼哭声。等不及哺乳时间的婴儿哭声,听来凄凉。静子仿佛要盖住那哭声一般说:

"你想看宝宝了吧?"

"让我看了……说是明天起可以在身边睡了,可奶胀啊胀啊,用这个怎么挤都不出来。"阿金拿开乳房上的纱布让静子看,乳房肿胀得快要撑破的样子,但她的眼神却表明她在想别的事情。

"姐,"阿金有了主意似的说道,"我还得在这儿待上一周。还得靠孩子他爸看店子,所以,刚才说的话,全都别声张,先搁下好吗?如果你开口问小雏的事情,孩子他爸可能会反感、争执起来的。你就啥也别说……等我回去之后,好好收拾局面。"

"……"

这回静子沉默了。过了一会儿,她冒出一句:

"哦,先不管小雏吗?那也好。她在顶你的活儿嘛。等你出院了,接过了店子,把她开掉就完了。因为她干了坏事嘛。"

静子的口气,仿佛已经确定雏子怀了贞之助的孩子。

"男人啊,还真不能省心。小金。"她长叹一声,"我也得留神呢。你这件事正是提醒。我家那口子是黑道上的,不知何时会萌发那种念头呢。"

五

　　贞之助给宝宝取了早已想好的名字"贞之"，阿金出院是在第十二天，回到布袋家一看，吓了一跳。二楼后头的房间，榻榻米换了面儿，阿金的被褥换了被面。一向被认为吊儿郎当的贞之助花了心思。他毕竟也跟平常人一样，有了当父亲的喜悦吧。带到医院的杂物，他也很干脆地叫了出租车去拉回来。但是，阿金不动声色看他的举动：贞之助的做派，似乎不无亏心之嫌。

　　阿金上楼前，瞄了协助库吉采购的雏子一眼。像静子说的，她没有明显的怀孕迹象。她睫毛下的眼睛惺忪，和库吉一边洗筒状鱼卷，一边说"您回来啦"。她小小的脸庞像姐姐说的，多少有点浮肿吧。然而，她很女孩子气地凑上来眯眼看阿金怀里的宝宝的样子，感觉很天真自然。出院的日子，是久别归来，且家中增加了一个小宝宝，各人在欢快的气氛中笑脸相迎，也不奇怪。

　　然而，唯有贞之助稍有可疑之处。他瞧瞧宝宝，或跑腿河原町买用品，却不正面与阿金对视。

　　阿金说道："谢谢你啦，这么长时间都丢给你了。害你玩不了喜欢的弹子机，很烦了吧。"

　　"没有的事，"贞之助背着脸说道，"河原町的店子这阵子换了机器。弹子根本弄不进去。充其量出来一盒，怎么也不像从前那样出两盒。"

阿金本想一回家就问清楚他跟雏子的事，现在决定不动声色地观察。

"弹子机奖品里面，有宝宝的玩具吗？有的话拿回来吧。"阿金说道。贞之助没做声。

事情发生在阿金返家的第二天。一早就下起了小雨，木屋町一带灰蒙蒙。进入了六月，往常挺闷热的，今年却是初春般凉浸浸。于是，阿金弄了个汤婆子就寝。打开面向鸭川的东窗，东山黑沉沉的山峦笼罩在雾霭中，铅灰色天幕低垂。让人眼睛一亮的，也就是河边土堤的樱树叶子，水量增大了的大河也显得污浊。

这么一天的下午，一个年过五十的男子突然走进布袋家的店门。此人枯瘦，晒得黑黝黝的，像是干地盘工的，额上缠着毛巾。

"这里是布袋家吗？"他用沙哑的声音低声问在柜台里擦拭碟子的库吉。

"对，就是布袋家。"库吉看那男子。

瞧他那装束可能是乞丐。深蓝哔叽的旧裤子，配满是补丁的针织衬衣，套一件皱巴巴的化纤夹克。库吉警惕起来，僵在柜台里。那男子解下额头的脏毛巾，问道：

"这里有叫雏子的打工女孩吗？"

"雏子嘛，有的。"库吉回答道，随即醒悟一般后悔不迭。因为他虽然说了实话，却感觉此人似乎是来加害雏子的。

正好雏子有事刚去了河原町。库吉多少松了口气，他直截了当地问道："您有什么事吗？"

"哦。"

男子吸吸鼻子。他的脸鼻梁高、端正，但晒得黑乎乎，又三四天没洗澡的样子，给人邋遢的感觉。所以库吉脸上越发不悦，不做声。

于是，那男子眨巴着惺忪的眼睛问道：

"雏子现在在哪里？"

"她出去了……你什么事嘛？"

"是这样……"男子说着，露出黄牙，讨好地笑笑。

"我是雏子的父亲。我听说那孩子在这里打工，想来看看她，就来了。其实，大厨先生，出了点事情非告诉她不可的……不好意思，她办事回来之后，您跟她说一声好吗？"

库吉一下子瞪圆了凹陷的眼睛，屏住气息。他是雏子的父亲？说来那端正的脸庞挺相像，大眼睛也像。

既然是父亲，想见雏子也情有可原，库吉这么说：

"她去河原町的洋货店办点事，马上就回来的。你或者就在这儿等她吧。"

"哦，她马上就回的话，我在外头等等。"

男子欠身哈腰地站不稳。库吉钻出柜台，拿过来一张客人坐的圆椅子，他却谢绝了。

"这样吧，大厨先生，"男子此时瞪着里头，目光探寻着，"我在三条的小桥上等，如果错过了，请您让她过来好吗？"

他说着，后退着出去了。

外面下着雨。男子没带雨伞。他竖起脏夹克的衣领时，差一点碰到屋檐下的红灯笼。他弯腰仰头，向库吉点头，没作声。

"哎，"库吉赶到门口，说道，"她去了河原町的药师寺，肯定是走木屋町大道回来的。她穿一件有红色刺绣的圆领白罩衫，一见就能认出来。遇上就好了。"他抬手遮挡刮进来的小雨。

男子急忙点头致谢，逃跑似的冲进小雨中，消失在沿街的屋檐下。

库吉入内关上门，这时，阿金从里头挑帘出来，肿肿的眼睑绷紧着，问道："那是谁呀？"她是下来上厕所，听见门口的动静，过来问一下。她把红色里子的夹衣当睡衣，前面散乱地敞开着，露出白白的膝头。她一边理衣一边说：

"在说雏子呢，是谁呀？"

她脸上是那种不快的表情。

"啊。"库吉一时张口结舌，似乎帮雏子被老板娘发现，感觉吃亏了似的。

"是雏子的父亲。"

"你怎么知道？之前见过吗？"

"没有，刚才是头一次见。"库吉抬头看阿金。

"他来干什么？"

"不知道，他说有啥急事，在三条的小桥上等着，让我转告雏子去那里。然后就冒雨跑走了。"

"……"

阿金把冒出奶水味儿的领口拢在一起，问道：

"就这些？"

"是，就这些。"

她疑虑重重地看着库吉的脸，说道：

"我没看清楚，好像脏兮兮的嘛。你说得不干脆吧？不能让他坐客人的椅子。大白天的，随时可能有熟客进来。有穿脏衣服、湿乎乎的人坐着，人家反感呢。明白吗？"

"是。"

库吉缩着脖子，挨训斥的样子。

阿金脑子里冒出雏子的脸庞。是自己刚派她去药师寺静子的店子的，说不准她正跟那男子在三条的小桥上碰头呢。

她心里不平静，是今出川事件的教训。肯定是雏子写信给父亲，说自己身子不对劲，父亲就怒冲冲赶来了。

又得掏钱息事宁人吗……

让她恼火的，就是这么回事。

"库吉，"阿金小声说，"不好意思，你打把伞，去小桥那儿看看好吗？因为雏子可能回程时见到她爸了。你观察一下，看他们相会是什么表情。"

"……"

库吉瞪大了眼睛看阿金，然后说了声"是"，冲出了门口。只听见油纸伞打开的声音，人就不见影了。

"你小心别让人家看见。"阿金说道，但也不知道库吉比常人大一倍的耳朵听见了没有。

过了五分钟左右，库吉跑回来了。阿金正在二楼不大熟练地给宝宝换尿布，库吉坐在门槛上，说道：

"老板娘，小雏没在。"

"三条那边仔细看了吗？惠比寿家的门口那儿也看了吗？"阿金问道。

"是的，我仔细看了，小雏也好，脏兮兮的大叔也好，都没看见。"

库吉说着,像做了坏事似的,低着头下去了。贞之助不在家。因为河原町大道的弹子机不好进,他可能远征千本一带的弹子机店了。

六

大约过了两个小时，雏子从后门回来了。阿金耳尖听见了脚步声，但仍躺着看周刊杂志。雏子去了店子那边时，传来了库吉压低的声音：

"你去哪儿了？太太找你呢。"但雏子没有回应。阿金侧耳倾听，但二人在店子的对话听不清，于是她裹好宝宝衣物下摆，急急来到楼梯口，蹲下来听。

"刚才你爸来了。你见到了吗？你在药师寺待到现在吗？"

"……"

"他说在三条小桥上等你的……你见到了吗？"

"我见到了。"雏子小声说。

"那就好了。"库吉说道。

"太太找你呢。"他又说。

阿金听着，注意到雏子好像闷闷不乐，也对她办事情没个回话生气。

"小雏！"阿金在楼梯上喊道。

"是！"

"你上来一下。"变成了尖叫声。

阿金并不急要回话。她让雏子带口信，拜托静子筹办给府立医院的田岛和北川医院的小峰的谢礼，决定送什么东西合适。她打的主意是：让雏子过去，静子可细看她的身子。

依静子的性格，也许让她坐下来，绕着圈子问一番。阿金想知道有何反应。而且，雨中的两个小时，她去哪儿了呢？去药师寺的话，花五分钟都不到，她之后肯定是跟刚才突然露面的、声称是她父亲的男子在一起。

等雏子的脑袋随着"咯吱咯吱"的声音从楼梯一冒出来，阿金就关上拉门，来到旁边的六席房间，开灯。是没到开灯时分，但中间的房间白天也昏暗。她坐等着。

"我跟药师寺的大姨说了。"雏子短短的裙下露出丰满的膝头，她手按榻榻米道歉："我回来晚了，对不起。"

"阿姐没对你说什么吗？"阿金目光敏锐。

"没有，什么也没说。只说她想想。"

"阿姐在干什么？"

"哦，太太在店子的橱窗里，正装饰衬衣。所以，我就在玻璃外面说了事情。"

"然后呢？"

"就是这样而已。"

阿金对静子的做法挺失望。好歹派到你跟前了，打量一下嘛。就从橱窗里头看一眼，怎么搞得清楚。

雏子见没话了，就低着头要下楼去，于是阿金说道："哎，小雏。刚才说是你爸的人来过，他真是你爸吗？"

"……"

雏子缩起脖子沉默着，过了一下，答道：

"对，是我爸。"

真是她爸？阿金压抑着心中的新骚动，问道：

"你见到了吗？"

"是，我回来走过小桥旁时，我爸喊住我了，之后就一起走。"

"跟你爸？"

"是。"

"他是在鹤冈吧？"

"对，是的。"雏子说着，好像在考虑着什么。

"你爸来干什么？"阿金又问。

"我哥是个疯子，关在禁闭室里的。这次我爸来，是要跟我说，决定把我哥送进近江的收容处……"雏子说道。

阿金很惊讶。

"你哥哥？你有个精神病的哥哥？"

"是。我也不大清楚，据说他到四岁还不会说话，也上不了学，关在屋后的禁闭室，一关就是二十七年。"

阿金只听说她在鹤冈兄弟姐妹多，但竟有一个精神病的哥哥，吓了一跳。听到"禁闭室"这个词，她都觉得可怕，更何况是一个四岁还不会说话的孩子。雏子成长在这样的家庭里？突然，她觉得这姑娘的侧脸似乎笼罩着不幸的影子，即便她开心笑时，两颊鼻翼旁的八字纹也有种凄凉令人动容，恐怕就是那种环境里成长的孩子的悲哀吧……

"你爸这么说是怎么样？要你干什么吗？"

"是，因为要去近江的收容处，得买被褥、行李什么的，让我有钱的话，给他一点。"

"……"

雏子低着头，没因为这般刨根问底、问到伤心处而痛哭流涕，让阿金心里称幸。

"那你怎么回答呢？"

"我说，到这月底可以领工钱，要等到那时候。"

"他怎么说？"

"我爸说，那就这样好了。"

想到一个父亲从丹波的深山沟来到京都，一副露出针织衬衣且湿漉漉的样子，而且空着手回去，就觉得可怜。但是，阿金心中随即掠过一阵恐惧。

他要把疯子送进收容处里去。这有多少钱都不够花的。说不定，雏子还没跟父亲说自己身子的事？要是雏子走投无路之下说出了这件事情，她父亲可要手拿刀子、上门咆哮了吧。阿金一边心里想贞之助搞了这个困境中的女孩子，一边观察垂头丧气地坐在面前的雏子的腹部，感觉她肚脐往下的下腹部隆起，头发也粗糙得奇怪。没光泽、没食欲，是怀孕第三四个月的特征。她心里清楚，自己不久前就是这个样子。

"小雏，"阿金说道，"你脸色不好啊。我住院的时候，你吐得很厉害，是真的吗？"

"是。"

直率地认了，阿金感觉不快。她想象着躺在楼下的雏子正在呕吐，贞之助从二楼冲下来给她抚背的情景。这情景也曾出现在她住院期间，但此刻煎熬着她的心。

"你不是瞒着什么事吧？躺着有哪里不舒服吗？"

"肚子。"雏子回答道。

"肚子怎么啦？"

"说不清就疼……一下子就恶心要吐。我跟老板拿药吃了，渐渐就好了。我拖拖拉拉的还没表示感谢，很抱歉。"

"真是肚子疼啊？"

"是。"

阿金盯着雏子点头的脸，仿佛上面有个洞，她一下子放下心来。但随后她转念又想：可别上了这小姑娘的当。她问：

"没看医生吗？"

"没看。老板说，忍一忍，躺着就会好的，帮我抚背和腹部。这么一来，慢慢就好了。"

阿金瞠目结舌。

是真的……

更多的是"是自己多虑就好了"的感觉。

"那，你们在雨中走了什么地方？"

阿金盯着雏子的衣服——濡湿了下摆的裙子和溅了泥水的脚踝，问道：

"带你爸去某个地方，请他吃了乌冬面吧？"

"没有。"雏子小声回答，"我身上没带钱，一边跟爸爸说着乡下的事，一边走在木屋町的屋檐下和三条的拱廊下。结果不知不觉就走到京极了。我们又从京极往三条、木屋町走。来回一走，时间就过去了……弄得这么迟。太太，请原谅。"

七

半夜里，雨开始下得猛烈起来。

阿金翻来覆去睡不着。之所以不能入睡，是因为身边躺着婴儿，怕手肘压了婴儿。躺着婴儿的一侧手没处搁，有时举到头上，有时翻到另一侧，最终肩头酸痛起来了。从肩胛到颈脖的肌肉拉扯般的钝痛，于是她羡慕起一旁仰躺着的、进入了梦乡的贞之助。于是，深夜里听见楼下有奇怪声音的，就是阿金。她先对贞之助说了：

"老公。"阿金侧耳倾听。她觉得楼下雏子睡觉的六席房间那边传来呻吟般的声音。因为雨势大，仿佛是河边一带有镀锌铁皮倒下的声音，但的确听见有几句"唉、唉"的呻吟声。

"老公。"阿金又喊贞之助。

打弹子机累了的丈夫怎么也不醒。

"老公。"

第三次喊时，贞之助睁开了眼睛。

"什么事？"

"楼下那边有声音呢。"

贞之助眼睛骨碌骨碌转，凹陷的脸一瞬间紧张起来，但马上又恢复原样，说道：

"是风吧。雨点打门嘛。"

"是吗，不知是怎么回事，有奇怪的声音。"阿金说道。

"你听错啦，快睡吧。睡眠不足最毒了，不出奶水哩。"贞之助说着，又闭上眼睛，随即睡着了，甚至轻轻打起了鼾。

阿金心想他说的也许对，便放心了，但怎么也睡不着。

她眼前浮现出雏子父亲湿淋淋的可怜相。她没去过鹤冈，但能想象在山沟沟的梯田间，有孤零零的一家人，昏暗的房间里一名男子被关了二十七年之久的模样。生下那种疯子的家庭多悲惨啊。被人指指点点，也做不到对这废人孩子置之不理。吃饭和其他事情，雏子的爸妈是一直管着的，但怎么说，二十七年的岁月多漫长啊。生下这种孩子的母亲很哀伤吧。较之安产和孩子的成长，阿金心怀怜悯。

正当她迷迷糊糊这样想的时候，楼下又传来"唉、唉"的呻吟声。这回听得很清楚。

——是雏子……

阿金这样想着，轻轻起身。还不是给宝宝喂奶的时间。她感觉不能对楼下雏子很难受的动静置之不理。距离肚子疼好转的日子还没多久。今天她在雨中走了两个小时，跟父亲说着村里的事。可能肚子疼就复发了吧。她悄悄从贞之助脚旁过去，走下楼梯。

她站在走廊里窥探了一会儿。雏子房间又传来呻吟声。雏子睡觉总开着昏暗的电灯。阿金听见报纸哗啦响的声音。与此同时，她鼓起勇气，打开了拉门。

"小雏。"她说着，看雏子的房间，吓了一跳。雏子脸色煞白，头发披散，转过来的目光像野兽一样。

"怎么了？半夜里，你怎么啦？"

雏子在颤抖。她转过来，肩头抖动，跪坐不动。她什么也不说。阿金此时闻到扑鼻而来的血腥味儿。房间里充满了这样的气味。是女人流血的气味。

"你——"

阿金上前，绕到被褥后，打量僵坐的雏子的面孔。

"怎么了？身体不舒服吗？"

因雏子沉默，阿金把手搁在她肩头。这时，雏子突然抽泣起来。

阿金吃了一惊。雏子捂脸的手沾着血。

"怎么啦？你说呀。"

阿金蹲下来，要看她的脸。

雏子小声说：

"太太，对不起。请不要过来，请不要靠近我。"

"你怎么啦？怎么都是血？"

"太太，请您不要过来这边。"

雏子哀求似的边抽抽搭搭边说。

"为什么不要过来？你做什么了？"

"太太，"雏子猛地抬起头，说道，"我的身子，不知道为什么出血了。出来一个大血块。我吓一跳一看，是好多血的一块东西。刚才下腹部疼了起来，我一直忍着痛。结果，不知怎的，底下就热热的，出来了……好多血……"

"……"

阿金屏住气息。黑色的血在榻榻米上散开，气味扑鼻而来。披头散发的雏子，一副可怖的女人面孔。

"雏子，那是胎儿吧。你跟谁做了那种事情啊。这后果你会想到吧。"

"……"

阿金把手搁在她肩头,摇晃着追问道。

"……"

"你不回答我?"

"你说,是我那口子的孩子吗……小雏。不要紧的,你尽管说好了。没事的,我不会生气。不生气的,所以,你就说实话吧。"

"……"

雏子沉默着,含泪看着阿金,然后冒出一句话:

"不是老板。太太,请原谅……"

她说着,伏地痛哭。

阿金凝视雏子哭泣的后背,明白她在说谎。因为说了真话要挨训斥,所以她说不是贞之助的孩子。哭法和肩膀的颤动不正常。肩头的颤动,显示这个少女在极力压抑愤怒。阿金心想,不能傻傻地站着。因为贞之助犯错的报应,此刻变成了这个姑娘的血块,丢在榻榻米上。

"小雏。"

阿金突然说话柔和起来。

"不要紧的。榻榻米脏了不要紧,我会弄干净的。那血块是胎儿,是在你肚子里长大的胎儿吧。你今天跟你爸在雨中走路,着凉了吧,所以胎儿流产了。不要紧,我来处理掉。"

阿金说着,卷起和服睡衣的衣裾,红内裙开口露出了白白的小腿,她麻利地连内裙一起撩起来,使劲塞进细腰带。她蹲下来,用手头的旧报纸拢起榻榻米上的鲜血,一次又一次地擦拭。那大块东西已被雏子用旧报纸包起放在脚旁，于是合起来裹成一大包。她打开壁橱，从里面取出装修店子时剩下的一张壁纸。转眼间，就包好了发出腥味的旧报纸。阿金用绳子绑紧了这个大包。

"小雏，你等一下。我去给你处理掉。"

阿金走出雏子的房间，穿上拖鞋，出了店子。她打开大门门闩，轻轻开了门。她窥探外头的动静。雨势小了一点吧。木屋町大道因湿亮的霓虹灯余光映射，略微可见，时值凌晨四点，没有行人。阿金没有打伞就横过马路。她来到高濑川河边，小心环顾四周，然后把手中的纸包扔了下去。

高濑川是浅水河。因为水量增加了，黑夜中也能看见水流几乎淹到水泥石垣边。浑浊的河水一下子吞没了白色的纸包，流向下游。

——谁也不知道。发生了谁也不知道的事情而已。只有高濑川知道……

阿金走回头时，心里念叨着。她白生生的腿像雌鹿的腿，在昏暗中闪亮。

八

"你说要马上来,我就飞跑过来了,什么事呀?是去北川吗?"姐姐静子不满似的在楼梯口说道,"是的话,给小峰医生的东西今天也带去吧?"

"那是好,可不管怎么说,不能在医院、在护士面前送东西吧……我觉得还是送到他家为好。"

"哦。"静子脸肿肿的,来到婴儿旁边,高声给鼻子大大、长得像贞之助的婴儿形式上打个招呼:"小贞之、小贞之!"然后又问道:

"那府立这边你怎么办?"

"往后也不用麻烦府立这边了吧。往后这孩子倒是要多跑北川不可的,所以如今一定要多打点小峰医生这一头。府立这边,我觉得让'八百文'店送两个甜瓜过去就行啦。"

"两个甜瓜?"静子眯起吊梢的眼睛,说道,"你好势利啊。你能去北川,也是因为跑了府立才有的嘛。即便是北川接生的,一直以来看病的不是田岛这边吗?答谢的话,应该厚待府立才是。"

阿金不做声,过了一会儿,冒出来一句:

"跟'八百文'说过了。太晚了,不能改啦。北川那边,我想给小峰医生送衬衣……我在想你那里的衬衣怎么样。"

"成衣吗?"静子不大服气地说,"最近去百货商场,有带缝纫券的，那种不是挺好吗？现在我店里的主要是运动衬衣，衬衣的成衣往往袖子不是长了就是短了，不合适送礼。你先去一下大丸再过去怎么样？"

"那就这样定吧。"阿金说着，站了起来，抱起裹桃红色褓褓的贞之，说，"你有时挺与众不同的。"

姐姐点头，又想起来似的说：

"刚才看了一眼店子，就库吉一个人在，我问他雏子呢，他说辞掉了。是真的吗？"

"……"

"你厉害，快捷省事啦。你是马上跟她说清楚，把她辞掉的吗？"

阿金不做声。静子注意到她含糊其辞，说不定是因为贞之助就在隔壁，于是问道：

"怎么个说法？"

"他没说啥。他这人，还是整天迷弹子机。"阿金说完，喜笑颜开地催促，"哎，姐，快下去吧，我们车里说。"

北川医院同时开设有小儿科。新生儿看诊，毕竟是在出生的医院更好。虽然银阁寺比府立稍远一些，但跟护士、医生都熟络了。也想给他们看看婴儿的模样。今天是头一个看诊日。

"库吉，我们去一下医院。家里那口子回来的话，告诉他一声。"

阿金看看店里头，向弯着腰、孤独地刮着茨菇皮的库吉打了声招呼，走出大门。

雨停了，阳光初照的木屋町大道升腾着水汽，干爽起来。

而这蒸汽好像顺脚而上地笼罩着人。

"这节奏正好啊。报纸说,这下子梅雨就过去了。再过七天,就是祇园祭了。"

"对呀。"

阿金不时换一下手,仿佛宝宝挺沉似的。她拉起襁褓边,挡住阳光照射。

"你刚才不是说,稍后告诉我吗?不像你嘛,挺麻利就开掉了……快说,你是怎么说的?"

静子边走边问。

"是对方给了我说出来的由头嘛。"

"什么事情?她做了挨骂的事情?"

"噢,算是挨骂的事情吧。"

阿金说完之后,思考似的沉默了。看那眼神,是一时迟疑,不知是否该实话实说。她说道:

"她爸来了。"

"她爸?"

"对,在鹤冈的。下雨天,她爸特地从丹波的山沟沟出来,伞也不打。"

"来店里?"

"就是嘛。那个人啊,穿着脏兮兮的夹克,湿淋淋的……坐在店里的椅子上。嘿,进来时那脸色好可怕,我吓坏了……"

"你见到了?"

"我倒是没说话,听见库吉跟他说话了。"

"说什么了?"

静子的双唇颤动着。

"开头是问：小雏在吗？"

"然后呢？"静子不耐烦地问，"你快说结论，贞之助还是跟那姑娘搞上了吧？"

"噢，说不定是搞上了。"阿金有点儿嘟着嘴说，"那女孩的小小身子突然性感起来，不可能逃过我家那口子的眼睛啦。而且我还去住院了。嘿，都四个月没跟我睡了，确实没让他碰……"

"没错呀。"静子说道，"那么说，她呕吐不是害喜吗？莫非，你把怀孕的女孩子就那么开除了？"

"谁干那种傻事呀。哎……"阿金压低声音，"那女孩家里，有一个关禁闭室二十七年之久的哥哥哩。这次呢，要把这个疯子哥哥送到近江的收容处……她爸来说需要花钱……咳，这么可怕家庭的孩子，人家再怎么说'把怀孕女孩子开除'之类的，我也不管。这可不是今出川那回事了。也许会拿刀子来闹吧。"

"……"

静子眼睛发亮，一副被镇住的表情。

"那么说，还是没怀孕了？"

"怀孕是我想多了。但是，她吐得躺倒了是真的。据说当时腹痛剧烈。大概是食物中毒吧。"

"可是，库吉不是说，她饭也不吃，光吃酸的东西嘛。"静子探寻地说。

"噢，看起来是那样。"阿金说着，加快了脚步。

这天坐车有点可惜。真想出了三条，就这么从木屋町走到药师寺去。有多久没看阳光照在干爽的路上了？

"姐，我们走路去大丸吧？"阿金说道。

"宝宝怎么办？"

"不要紧，医生说尽量别晒着了。"

正说着，阿金眼尖，看见车来车往的三条大道另一侧信号灯转了，小跑着要过马路。静子紧跟着她跑起来。

静子拿着二人的手袋，到走出了木屋町时，她上前来说道：

"那你是怎么辞掉她的？该不是说'我身子不好的时候，你顶替了我，谢谢啦'之类吧？"

阿金笑着说：

"我呀，阿姐，我抓住了那孩子不为人知的秘密。我稍微提一下那事情，她就说，谢谢一直以来的关照，太太的恩一辈子不会忘记……那孩子俯首致谢，是她说要离开的。"

"是吗？那你干得漂亮。"

静子有几分难以理解的样子。阿金望向高濑川，水量骤降，浅浅河底漂动着海带似的水草。

——这条河，把什么都冲走了。那个夜晚的事情无人知晓，只有神知道……

阿金心里嘀咕着，走在静子的前头，说道：

"口渴啦。上'露妮'去喝杯咖啡吧？"

她一脸自豪，想要相熟的老板娘看看宝宝。此时，木屋町大道的行人正多起来。

"是吗？那也好啊。"姐姐跟在妹妹后面走。